Bibliografische Information der Deutschen Nationalbibliothek .
Die Deutsche Nationalbibliothek verzeichnet diese Publikation
in der Deutschen Nationalbibliografie; detaillierte bibliografische
Daten sind im Internet über http://dnb.d-nb.de abrufbar.

Impressum
2018

© Autor : Syna Ester
© Cover : Syna Ester
© Fotos : Syna Ester

1. Auflage
Herstellung und Verlag:
Books on Demand GmbH, Norderstedt

ISBN: 9-783748-19977-9

Bitter

süße

Maroni

von

Syna Ester

Heute ist der 1. Oktober, der Tag, an dem sich alles entscheiden würde.

Fast 10 Jahre hatte sie auf diesen Tag gewartet. Immer war sie geduldig und hatte auf das vertraut, was Nicolo ihr sagte oder in den vergangenen Jahren geschrieben hatte.

Langsam schlenderte Nina den Weg entlang, als ihr ein wohlbekannter Duft in die Naste stieg. Der Duft von frisch gerösteten Maroni lag in der Luft. Bereits am frühen Morgen hatten die ersten Maroni-Verkäufer ihren Stand aufgebaut. In großen Pfannen rösteten sie die reifen Maroni. Sie kamen jedes Jahr in den kleinen Ort um ihre Ware anzubieten. Es war Herbst und ein kühler Wind wehte durch den Ort. Da bot es sich geradezu an, eine Tüte heiße Maroni zu kaufen. Es gab wohl keinen, der dem süßen, nussigen Geschmack der Maroni widerstehen konnte, denn seit eher aßen alle, zu Beginn des Herbstes, die leckeren Früchte der Kastanien.

Nina überlegte, ob sie sich eine Tüte Maroni kaufen sollte, bevor sie ihren Weg fortsetzte.

Doch irgendetwas hielt sie davon ab. Zu schwer lasteten die Gedanken auf ihr und sie ging weiter hinunter zum kleine Hafen. Boote tanzten auf dem Wasser und als sie über das Meer blickte, erkannte sie die Fischerboote, die jeden Morgen hinaus fuhren um den Fang für den Tag zu fangen. Mehr entnahmen sie dem Meer nicht. Es war noch früh und kurz vor Mittag würden die ersten Fischerboote zurück kehren, wo sie bereits von den Frauen des Dorfes erwartet wurden, da sie den frischen Fisch für das Mittagessen zubereiten wollten. So war es tagein, tagaus seit Generationen; alles hatte seine Ordnung. Es waren nur wenige Menschen am Hafen und am Strand. Wer Arbeit hatte, war bereits zur Arbeit gegangen und die Schulkinder saßen auch um diese Zeit in der Schule. Die kleineren waren zu Hause bei ihren Müttern oder wurden auch von den Großeltern und Verwandten versorgt, wenn ihre Mütter auch arbeiten gehen mussten. Aber die meisten Mütter waren zu Hause, da es selbst für die Männer schon schwierig war eine Arbeit zu finden. Es gab eben keine Arbeit für alle und so musste manch einer von seinem kargen Lohn viele Mäuler stopfen. Im Sommer war es leichter, da die Ernten anstanden und überall Erntehelfer gesucht wurden.

Die Boote schaukelten im auf und ab der Wellen hin und her. Nur ein leises plätschern war zu hören und ab und zu sang irgendwo ein Vogel. Nina war immer glücklich wenn sie hier sein konnte, doch heute war ihr Herz schwer und sie konnte sich an dem Anblick nicht so recht erfreuen. Das Warten zerrte an ihren Nerven und sie sehnte den Nachmittag herbei um endlich Gewissheit zu haben, wie es mit Nicolo und ihr weiter gehen würde. Er hatte ihr einen Brief geschrieben, in dem er ihr alles mitteilte; so hatte er am Telefon zu ihr gesagt. Er war nicht mit der Sprache heraus gerückt, so sehr sie ihn auch darum bat. Nicolo war zwar, wie immer, lieb und nett am Telefon, aber nach dem letzten Telefonat hatte sie ein ungutes Gefühl beschlichen. Sie konnte nicht einmal erklären warum, es war einfach da und ließ sie nicht mehr los. Eigentlich gab es dafür keinen Grund. Nicolo und sie waren schon so lange ein Paar und waren sich über ihre Zukunft einig. Nur, wo diese sein wird, das wusste Nina bis jetzt nicht und sie dachte bei sich, dass es in dem Brief, den Nicolo geschickt hatte, stehen wird. Jeden Tag um 16.00 Uhr kam der Zug, der die Post mitbrachte. Hier, in dem kleinen Ort, gab es keine Post.

An der Bahnstation war ein kleiner Laden für die Reisenden, der auch für die Post zuständig war. Dort wollte sie heute Nachmittag hingehen und nach dem Brief von Nicolo fragen. Warum nur, was sie voller innerer Unruhe? Nina fröstelte auf einmal und zog ihre Strickjacke enger um sich. Ich sollte nach Hause gehen dachte sie bei sich und erhob sich von dem Stein auf dem sie gesessen hatte. Langsamen Schrittes machte sie sich auf den Weg. Vorbei an den Maroni-Verkäufern und ihren verlockenden, duftenden Maroni. Doch noch immer war ihr nicht danach, sich eine Tüte Maroni zu kaufen und so bog sie mit leeren Händen in die Straße, in der sie mit ihrer jüngeren Schwester und den Eltern lebte. Es war das erste Mal, dass Nina sich keine Tüte Maroni gekauft hat. Schnell war sie an ihrem Elternhaus angelangt und ging hinein. Nina hörte schon ihre Mutter und ihre Schwester, die in der Küche dabei waren, das Mittagessen vorzubereiten. Sie ging zu ihnen und goss sich erst einmal einen Kaffee ein. Dann setzte sie sich an den Tisch um den beiden zu helfen. Viel gab es nicht mehr zu tun, da das meiste bereits erledigt war.

Schweigend rührte Nina in ihrer Tasse und so bemerkte sie nicht die Blicke, die ihre Mutter und ihre Schwester tauschten. Die beiden waren besorgt um sie, denn Nina verhielt sich seit Tagen anders als gewöhnlich. Es war ihnen sofort aufgefallen, nachdem Nina das letzte Mal mit Nicolo telefoniert hatte. Die Mutter hatte sie ja gefragt, aber Nina antwortete nur, dass Nicolo ihr alles schreiben würde. So konnten sie auch nichts anderes machen, als abwarten und darauf hoffen, dass der Brief heute endlich ankommen würde und die Ungewissheit aufhörte. Nicht im entferntesten dachten Mutter und Schwester daran, dass es vielleicht auch eine Nachricht sein konnte, mit der niemand rechnete. Um Nina auf andere Gedanken zu bringen fragte ihre Mutter: ,,Hast du heute Maroni

gekauft, die isst du doch so gerne?"
Nina verneinte und sagte nur, dass sie
heute keinen Appetit darauf hatte und
weiter zum Hafen gegangen sei.
„Gut, dann hilf mir jetzt den Tisch
decken. Das Essen ist bald fertig und
wir können dann gleich zu Mittag
essen."
Kurze Zeit darauf, kam auch ihr
Bruder um, wie jeden Mittag, mit
ihnen zu essen. Er arbeitete hier im
Ort und so konnte er jeden Tag die
Mittagspause mit ihnen verbringen.
Nur ihr Vater kam erst am Abend
nach Hause. Er war in der Kleinstadt
bei einer Bank beschäftigt und es
lohnte sich nicht, in der Mittagspause
nach Hause zu fahren.
Ihre Mutter stellte den großen Topf
mit der Pasta auf den Tisch, jeder
nahm seinen Platz ein und ließ sich die

Pasta, die heute mit Bohnen gekocht war, schmecken. Jeden Tag gab es vor dem Hauptgericht einen Teller Pasta mit verschiedenen Zutaten; je nach Jahreszeit. Als Hauptmahlzeit hatte ihre Mutter gebackene Auberginen in Tomatensauce im Ofen gemacht und ein Brot gebacken. Zum Schluss gab es, der Jahreszeit entsprechend, frische Früchte. Eigentlich war es eine ihrer Lieblingsspeisen, aber heute wollte es Nina nicht so recht schmecken. Keiner bemerkte, dass sie etwas lustlos in ihrem Essen herum stocherte, denn sie unterhielten sich angeregt während der Mahlzeit. Nur ihre Mutter hatte es bemerkt und sie sorgte sich um ihre Tochter. Was nur, bedrückte Nina? Verheimlichte sie ihr etwas? Aber sie ließ sich nichts anmerken. Als ob sie nichts bemerkt hatte, plauderte sie weiter mit ihrer jüngsten Tochter und ihrem Sohn. Die Mahlzeit zog sich hin, doch heute konnte Nina es heute kaum erwarten bis sie endlich den Tisch abräumten und sie ihrer Mutter beim Abwasch helfen konnte. Verstohlen schaute sie immer wieder auf die Uhr, die in der Küche hing. Ihre Nerven waren angespannt; die Zeit wollte nur langsam voran gehen. Um 15.30 Uhr hielt sie es nicht mehr aus. Nina zog ihre Jacke an und machte sich auf den kurzen Weg zur Bahnstation. Lieber wollte sie hier alleine auf den Zug warten, als vielleicht von ihrer Mutter noch einmal gefragt zu werden was sie bedrückt. Sie hätte ihrer Mutter auch keine Antwort darauf geben können, denn, sie wusste es ja selber nicht einmal. Es war nur ein Gefühl in ihr, wie hätte sie es beschreiben können?

Nina setzte sich auf die kleine Bank an der Station und wartete auf den 16.00 Uhr Zug in der Hoffnung, dass heute der Brief von Nicolo in dem Postsack ist. Nina schloss die Augen und die Wärme der Sonnenstrahlen tat ihr gut. Über Mittag war es noch richtig warm, doch Morgens und Abends wehte bereits ein kühler Wind. Es war eben schon Herbst und die Tage waren kürzer und kühler.

Sie musste wohl kurz eingenickt sein, als das Pfeifen der alten Lokomotive sie hoch schreckte. Gemächlich fuhr die alte Lokomotive auf dem Bahnhof ein. Weißer Dampf lag über ihr und es war, als ob sie beim bremsen laut stöhnte. Wie viele Jahre mochte wohl die alte Dampflok bereits auf dem Buckel haben? Nina wusste es nicht, aber so lange sie denken konnte, gab es sie.

Langsam verflüchtigte sich die weiße Dampfwolke und Nina ging langsam zum Bahnwärterhäuschen. Kaum war sie dort angekommen, als Mauro aus der Tür kam und ihr einen Brief entgegen hielt.

„Darauf hast du doch gewartet", sagte er zu Nina und gab ihr den Brief."
Wortlos nahm sie den Brief entgegen. Sie merkte, wie ihr Herz heftig zu schlagen begann; nun hatte ihr warten ein Ende. Nina ging zurück zu der kleinen Bank um dort den Brief zu öffnen. Doch, nicht nur ihr Herz schlug immer heftiger, auch ihre Hand, die den Brief hielt, begann zu zittern. Sie konnte sich gegen die Unruhe in ihr nicht wehren.

Warum schrieb ihr Nicolo diesen Brief? Warum wollte er ihr am Telefon nichts sagen?

Nina war froh, dass sie alleine hier war und niemand mitbekam, wie aufgelöst sie war. Sie traute sich nicht, den Brief zu öffnen und legte ihre Hand mit dem Brief in den Schoß.

Sie schloss die Augen und auf einmal stiegen alle Erinnerungen der letzten 10 Jahre in ihr auf.

Eigentlich kannten Nicolo und sie sich bereits von klein auf an. Sie wohnten im selben Ort, waren gemeinsam zur Schule gegangen und ihre Familien waren miteinander befreundet. So war es normal, dass auch Nicolo und sie viel Zeit miteinander verbrachten. In der Schule saßen sie nebeneinander auf der Bank und zum spielen gingen sie meistens auch gemeinsam. Eigentlich waren sie wie Geschwister. Niemand hatte sich jemals darüber Gedanken gemacht, ob aus ihnen einmal ein Paar werden würde. Selbst, als sie älter wurden, dachte niemand daran: am allerwenigsten sie selber.

Doch es sollte anders kommen, denn ihre Liebe schlug ein wie der Blitz. Von einer Minute zur anderen sahen sie sich mit anderen Augen und verliebten sich ineinander. Bilder von jenen Tagen entstanden vor ihren Augen und ihr war, als wäre es erst gestern gewesen. Es war ein heißer Sommertag an dem ihre Cousine Hochzeit feierte und alle Verwandten, Freunde und Bekannte waren zu diesem Fest erschienen. Auch sie hatte sich zu diesem besonderen Fest ein neues Kleid gekauft und sah ganz bezaubernd darin aus.

„Langsam wirst du eine junge Dame", sagte ihr Vater und strich ihr liebevoll über ihre langen, braunen Locken. Er gab ihr einen Kuss auf die Wange und ging wieder zu den anderen Männern.

Über Ninas Gesicht huschte ein kleines Lächeln; die Worte ihres Vaters freuten sie. Es war nicht zu leugnen, aus dem Kind war eine junge Frau geworden und in dem Kleid kam es deutlich zur Geltung. Doch, es war ihr so noch nicht bewusst und die Blicke einiger Gäste nahm sie nicht zur Kenntnis. Sie war ein Mädchen in aller Unschuld.

„Ach, hier bist du", hörte sie eine wohl bekannte Stimme sagen.

Nina drehte sich um und sah Nicolo, der nun vor ihr stand. Noch nie hatte sie ihn in diesem Anzug gesehen und sie war erstaunt, wie gut er darin aussah.

„Ich wollte auch gerade nach dir schauen", erwiderte Nina und nahm die Hand ihres Freundes um mit ihm zusammen zu den anderen Gästen zu gehen. Hand in Hand schlenderten sie dahin. Was sie beide nicht mitbekamen, waren die Blicke von Ninas Mutter, als sie die beiden Hand in Hand kommen sah.

Die Musik spielte und Nicolo zog seine Jacke aus und entführte Nina zum Tanz. Es war nicht das erste Mal, dass sie zusammen auf einem Fest tanzten, doch diesmal war es irgendwie anders. Jedenfalls Nina empfand es so. Nicolo, in seinem schönen Anzug hatte sie etwas verwirrt. Bisher hatte sie auf sein Aussehen nie geachtet. Es war ihr unwichtig; sie waren eben Freunde und da zählen andere Dinge; aber heute.... Nina verwarf ihre Gedanken und sie tanzte fröhlich lachend mit Nicolo die Tarantella.

Es war ein rauschendes Fest, an das sie gerne zurück dachte.

Eigentlich war es damals der Beginn, als aus ihrer Freundschaft zu Nicolo mehr wurde. Aber zu dem damaligen Zeitpunkt war sie sich dessen nicht bewusst. Was sie nicht ahnen konnte war, dass Nicolo sie an jenem Tag auch zum ersten Mal mit anderen Augen sah. Bisher war Nina nur seine kleine Freundin seit Kindertagen, aber an dem Tag bemerkte er sehr wohl, dass aus dem kleinen Mädchen eine junge Frau geworden war. Die Ecken und Kanten waren nicht mehr vorhanden und hatten sich in weibliche Formen verwandelt, die das Kleid besonders zum Vorschein brachten. Sie gefiel ihm und er war sehr stolz auf seine schöne Freundin. Doch, weiter dachte auch er nicht......

In der kommenden Zeit gingen sie, wie bisher, ganz normal miteinander um.

Nur noch ein Jahr mussten sie die Schule besuchen um ihren Abschluss zu machen. Studieren wollten sie beide nicht und der Abschluss der Mittelstufe war ihnen genug. Nina konnte nach der Schule im Schuhgeschäft ihres Onkels arbeiten und Nicolo wollte, zusammen mit seinem Vater, in dessen Werkstatt arbeiten. Er interessierte sich schon immer für Autos und so kam ihm diese Arbeit gerade recht. Auch Nina gefiel die Aussicht auf ihre künftige Arbeit, zumal sie des öfteren dort schon ausgeholfen hatte, wenn der Onkel etwas erledigen musste oder einfach einmal ausspannen wollte. So hatten sie beide ihre Vorstellung, wie es mit ihnen nach der Schule weiter gehen sollte. Eine gesicherte Zukunft lag vor ihnen; so dachten sie damals. Das es einmal anders kommen würde, konnten sie nicht ahnen. Das Leben und arbeiten in dem kleinen Ort war ruhig und beschaulich; außer, wenn ein Fest anstand und davon gab es viele. Über Langeweile konnte sich niemand beklagen, denn jedes Fest, war ein Fest für den ganzen Ort. Denn schließlich kannten sie sich alle und Fremde gab es hier bisher noch nicht. Die meisten von ihnen waren, wenn auch nur um hundert Ecken herum, miteinander verwandt.

Das Jahr verging schnell und Nicolo und sie hatten ihren Abschluss mit sehr guten Noten geschafft. Ihre Eltern waren mächtig stolz und da außer ihnen noch drei Freunde aus dem Ort ihre Prüfung bestanden hatten, wurde beschlossen, dass alle zusammen feiern wollten. Alle freuten sich auf das Fest, das in zwei Wochen stattfinden sollte.

Emsiges Treiben machte sich im Ort breit. Die Vorbereitungen für das Fest nahmen viel Zeit in Anspruch, denn jeder wollte etwas dazu beitragen. Sie wollten die ganze Piazza mit bunten Lampions festlich schmücken. Eine Bühne musste aufgebaut werden für die Musiker, Tische und Stühle schon bereit gestellt werden und vieles mehr. Auch fingen die Frauen schon an Kekse und andere Köstlichkeiten zu backen. Jede Familie hatte ihre Aufgaben und wusste, was zu tun war. So vergingen die Tage wie im Flug und morgen schon war es dann endlich so weit. Nina war sehr aufgeregt. Ihre Eltern hatten sich als sehr großzügig erwiesen und ihr noch ein neues Kleid gekauft, obwohl sie bereits für die Hochzeit ihrer Cousine eines bekommen hatte. Ihre Familie war nicht arm, aber reich auch nicht und zwei neue Kleider so kurz hintereinander kaufen, das war die große Ausnahme. Nina wusste es wohl zu schätzen und war ihren Eltern dankbar dafür. Sie drehte sich vor dem Spiegel und lachte voller Freude. Es war aber auch wirklich sehr hübsch, ihr neues Kleid; luftig und leicht mit einem weiten Rock. Dazu zog sie ihre weißen Sandalen an, nahm ihr kleines weißes Täschchen unter den Arm und ging zu ihrer Mutter.

,, Mamma, wir können jetzt gehen, ich bin fertig", sagte sie zu ihrer Mutter. Ihre Mutter sah sie lächelnd an und meinte:

,,Noch etwas Geduld junge Dame, die anderen sind bestimmt auch gleich fertig und dann gehen wir zusammen auf die Piazza".

Nina setzte sich neben ihre Mutter und

und sie warteten gemeinsam auf die anderen Familienmitglieder. Kurze Zeit später waren sie alle vollzählig und sie konnten sich auf den Weg machen.

Dort angekommen,sahen sie, dass die Piazza bereits voller Menschen war, die sich zu dem Fest eingefunden hatten. Es war noch eine Stunde Zeit bis zum Beginn, denn als erstes würde der Pfarrer eine Rede halten und die fünf Schulabgänger segnen. So ging auch Nina mit ihren Eltern in die Kirche, wo Nicolo bereits auf sie wartete.

Gemeinsam gingen sie in die erste Reihe und setzten sich zu den drei anderen auf die Bank. Eltern und Verwandte nahmen in den Reihen dahinter platz.

Die Glocken begannen zu läuten und der Pfarrer erschien auf der Kanzel. Er fand, wie eigentlich immer, warme, emotionale, dem Anlass entsprechende Worte. Alle waren ein wenig gerührt und manch einer wischte verstohlen eine Träne aus dem Auge. Ja, der Herr Pfarrer war ein Mensch wie du und ich und das spürte man. Manchmal erinnerte er auch ein klein wenig an Don Camillo, dem Pfarrer, der in den Büchern mit dem Bürgermeister des Dorfes, Pepone, seinen Unfug trieb. Der Pfarrer segnete die jungen Leute und wünschte dann allen ein schönes Fest. Er selber konnte erst später dazu kommen, da im Nachbarort noch eine Taufe zelebriert werden musste. Alle begaben sie nach draußen und die Musik begann zu spielen. Sie waren guter Dinge und lachten und scherzten miteinander. Der Wein floß bereits. Es wurde gratuliert, die Geschenke auf den dafür vorgesehenen Tisch gelegt und einige tanzten bereits. Da wurde einem warm um das Herz beim Anblick der vielen, vielen glücklichen Menschen.

,,Hier bist du. Ich habe dich schon gesucht", sagte Nicolos Mutter, die ihren Sohn schon vermisst hatte.

,,Nina, ich wünsche dir von ganzem Herzen einen wunderbaren neuen Lebensabschnitt", sagte sie zu Nina und umarmte und küsste diese. Nina bedankte sich und war glücklich über die Worte von Nicolos Mutter. Sie umarmte seine Mutter auch und gab ihr einen lauten Kuss auf die Wange.

,,Wir suchen uns einen Tisch für uns alle", rief Ninas Vater und zog mit Nicolos Vater los in Richtung der Tische. Die anderen Familienmitglieder folgten den beiden Männern, die schon einen großen Tisch ausgesucht hatten.

Angeregt unterhielten sich alle und wer wollte, konnte schon von den leckeren Köstlichkeiten naschen, die die Frauen des Ortes gebacken hatten.

Nina und Nicolo zog es zur Tanzfläche und sie drehten sich zu den Klängen der Tarantella. Übermütig nahm Nicolo sie in die Arme und gab ihr einen Kuss auf die Wange. Nina lachte, das hatte ihr Freund so noch nie gemacht.

Ihrer Schwester war der Kuss nicht verborgen geblieben und sofort musste sie unserer Mutter leise davon erzählen. Unsere Mutter sah ihre Älteste fragend an und meinte:

,,Sie wird flügge,unsere Kleine. Wir müssen Obacht geben.

Nicolo ist zwar ein anständiger Junge, doch die Spielregeln musste auch er einhalten und so, wie ihre Tochter es gesehen hatte,war es mehr, als nur ein freundschaftlicher Kuss; auch, wenn es Nicolo und Nina noch nicht bewusst war. Die beiden lachten und tanzten bis sie keine Puste mehr hatten und zurück zu ihrem Tisch zu den anderen gingen. Mit hochroten Köpfen kamen sie dort an und ließen sich erschöpft auf die Bank fallen.

„Trinkt erst einmal ein Glas Wasser", sagte Nicolos Vater und reichte ihnen die Wasserkanne rüber.

Gierig tranken sie beide und langsam beruhigte sich ihre Atmung wieder. Pünktlich um 17.00 Uhr kamen die riesigen Töpfe mit den Spaghetti auf den Tisch und alle langten hungrig zu. Das Wetter war ihnen wohlgesonnen und die Stimmung stieg von Stunde zu Stunde. Die Musiker spielten die alten Lieder, die allen bekannt waren und jeder konnte sie mit singen. Der Herr

Pfarrer hatte sich auch eingefunden und sang kräftig mit. Bis weit in die Nacht klang die Musik und der Gesang durch den Ort. Alle waren sich einig, dass es ein wunderbares Fest war. Die letzten gingen erst nach Hause, als der Morgen sich bereits über dem Meer erhob.

Mittlerweile kehrte der Alltag wieder ein und Nina und Nicolo gingen jeden Tag zu ihren Arbeitsplätzen. Die Arbeit machte ihnen Freude und sie waren mit sich und der Welt zufrieden. Ab und an gingen sie ins Kino oder kauften sich ein neues Kleidungsstück, aber ansonsten lebten sie wie bisher. Bescheiden, zufrieden und glücklich. Natürlich trafen sie sich regelmäßig mit ihren Freunden und verbrachten oftmals die Abende mit ihnen am Strand; soviel hatte sich für sie nicht geändert; nur, dass sie statt in die Schule, nun zur Arbeit gingen, Geld verdienten und ihre Eltern nicht mehr um jede Lira bitten mussten. Alles war in Ordnung. Das Leben im Ort ging seinen Gang. Es wurden noch so einige Feste miteinander gefeiert und leider auch einige Alte zu Grabe getragen. Es war der Lauf der Dinge und so traurig es auch für die Familien war Abschied zu nehmen, das Leben ging weiter.

Ein gutes Jahr war vergangen und Ninas Cousine verkündete voller stolz, dass sie ein Kind unter dem Herzen trug. Auf diese frohe Botschaft hatte die ganze Familie gewartet und es war Grund genug, ein Fest zu veranstalten; allerdings nur im Rahmen der Familie und die war groß genug.

Es war der Tag, an dem sich für Nina und Nicolo alles bisherige änderte.

Sie hatten einander entdeckt und aus der Kinderfreundschaft war mehr geworden. Beide spürten es, als sie beim Tanz in Nicolos Armen lag und ihre Blicke sich trafen. Sie wussten selbst nicht, wie ihnen geschah. Ihre Herzen begannen wild zu pochen und ein unbekanntes Gefühl machte sich in ihnen breit. Eine unbekannte Wärme, die den ganzen Körper erfasste und sie taumeln ließ. Doch sie hielten einander fest, als ob sie sich nie mehr loslassen wollten. Nach dem Tanz gingen sie beide wieder zu den anderen, aber an diesem Abend sprachen sie kein Wort mehr miteinander; so sehr aufgewühlt waren sie von dem Erlebten. Damit musste jeder erst einmal ganz für sich alleine klar kommen.

Nicolos Mutter war es nicht entgangen, dass sich zwischen ihrem Sohn und

Nina etwas verändert hatte und sie flüsterte leise mit Ninas Mutter. Die beiden Mütter beschlossen, es für sich zu behalten und erst am kommenden Tag mit ihren Ehemännern darüber zu sprechen.

….und so geschah es.

Ernsthaft meinte Ninas Vater nach dem Gespräch mit seiner Frau: ,,Wir müssen mit Nina darüber sprechen. Nicolo ist ein guter Junge und aus einer ehrbaren Familie; wenn ihre Wahl auf ihn gefallen ist, dann soll es mir recht sein".

Ninas Mutter stimmte ihrem Mann zu, denn auch sie hatte Nicolo, den sie alle seit seiner Geburt kannten, in ihr Herz geschlossen.

Ninas Mutter seufzte und dachte für sich, dass die beiden sind schon ein schönes Paar sind und anscheinend füreinander bestimmt. Am Nachmittag wollten sie mit Nina darüber sprechen. Sie zog ihre Strickjacke an und ging die wenigen Schritte zu dem Haus von Nicolo. Sie wollte seinen Eltern das Ergebnis des Gespräches mit ihrem Mann mitteilen und hören, ob seine Eltern derselben Meinung wie sie und ihr Mann sind. Nicolos Eltern hörten ihr aufmerksam zu und nickten mit den Köpfen; sie waren einverstanden und versprachen noch heute mit ihrem Sohn zu reden.

Ninas Mutter verabschiedete sich von Nicolos Eltern und ging schnell nach Hause um das Mittagessen zu kochen. Zu Hause angekommen, wollte ihr Mann sofort wissen, was Nicolos Eltern gesagt haben und ob sie einverstanden sind mit dem Vorschlag.

„Ja, sie denken darüber genauso, wie

wir", antwortete seine Frau und entschwand in der Küche. Er folgte ihr, denn er hatte noch einige Fragen. Er hatte es schon seit einiger Zeit bemerkt, dass nun auch seine Jüngste langsam flügge geworden ist, doch ganz konnte er sich noch nicht mit dem Gedanken anfreunden. Er mochte Nicolo, das stand außer Frage, aber Nina war sein kleines Mädchen, dass er, wie seine beiden anderen Kinder auch, über alles liebte. Aber den Lauf der Zeit konnte er nicht aufhalten und es war normal, dass Kinder früher oder später einen Partner finden, dass sie sich verliebten und eigene Familien gründen. So war es bei ihm und seiner Frau damals auch. Er sah hinüber zu seiner Frau und dachte daran, wie es bei ihnen vor vielen Jahren anfing. Er liebte seine Frau sehr und die Jahre hatten kaum Spuren hinterlassen; sie war noch immer eine Schönheit. Doch, was er am meisten an ihr liebte, war ihre liebevolle Art, ihr freundliches Wesen und ihre Mütterlichkeit. Sie war der ruhige Pol in der Familie, während bei allen anderen schon einmal das Temperament mit ihnen durchging. Sie verstand es, die Gemüter wieder zu beruhigen. Er hätte keine bessere Frau finden können.

Spontan stand er vom Stuhl auf, nahm seine völlig überraschte Frau fest in die Arme und gab ihr einen innigen Kuss. Es tut so gut, seine Liebe zu spüren dachte sie bei sich, als er von ihr abließ. Auch sie liebte ihren Mann noch wie am ersten Tag und schob ihm eine Erdbeere in den Mund wobei sie ihn mit liebenden Augen ansah.

„Eine Erdbeere hast du nun genascht

und dafür darfst du nun die anderen Erdbeeren putzen; sie sind unser Nachtisch", sagte sie zu ihrem Mann. Beide sahen sich an und lachten..... Pünktlich um 13.00 Uhr war das Essen fertig, der Tisch gedeckt und alle setzten sich auf ihre Plätze. Natürlich gab es auch heute zuerst einen Teller Pasta, die mit Bohnen verfeinert war. Danach gab es einen Maccaoni Auflauf, den alle so gerne aßen und ganz zum Schluss wurde ein Pudding serviert, zu dem es die köstlichen Erdbeeren gab. Es war ein wahrhaftiges Festmahl und alle waren satt und zufrieden. Es war schön, wenn am Sonntag die ganze Familie gemeinsam am Tisch saß, denn unter der Woche war es kaum möglich. Nach dem Essen gab es noch einen Espresso und anschließend gönnten sie sich alle eine ausgiebige Siesta.

Nina wollte gerade in ihrem Zimmer verschwinden, als ihr Mutter sie zurück rief.

„Setz dich einen Moment zu uns", sagte sie, als Nina bei ihr war, „dein Vater und ich haben etwas mit dir zu besprechen".

Nina setzte sich zu ihren Eltern und war gespannt darauf, was sie ihr wohl zu sagen hatten.

Ihr Vater redete nicht lange um den heißen Brei herum und sagte, dass sie den Eindruck haben, dass sich zwischen Nicolo und ihr etwas anbahnte, was über eine Freundschaft hinaus geht.

Nina wusste gar nicht, was sie sagen sollte und spürte, wie ihr die Röte ins Gesicht stieg. Ihre Eltern schauten sich an und fühlten sich mit ihrer Ahnung bestätigt.

„Es muss dir nicht peinlich sein, Nina",

sagte ihr Vater „wir waren auch einmal jung und verliebt". Er lachte seine Frau an und zwinkerte ihr zu.

So direkt hatte Nina noch gar nicht darüber nachgedacht. Sie hatte zwar neuerdings dieses komische Gefühl im Bauch wenn sie an Nicolo dachte oder mit ihm zusammen war, aber so recht konnte sie es nicht deuten. Hatte sie sich in Nicolo verliebt?

Sie wusste nicht, was sie ihren Eltern antworten sollte und sah betreten zu Boden. Ihre Mutter legte den Arm um sie und erzählte ihr, dass auch Nicolos Eltern diesen Eindruck haben, dass er in sie verliebt ist; sie wollten ebenso mit ihm darüber sprechen.

Nina sah ihre Mutter erstaunt an. Wie konnten die Eltern es wissen, bevor sie es wusste? Ihr Vater sah sie lachend an und streichelte ihre, noch immer geröteten, Wangen. Für einen kurzen Moment saßen sie schweigend beieinander, doch dann sagte ihr Vater: „Nina, wenn dem so ist, dann könnt ihr von nun an euch nicht mehr alleine treffen. Die Regeln verlangen, dass ihr nur noch in Begleitung einer anderen Person zusammen sein dürft. Aber das ist nichts Neues für dich; du weißt es von deinen Geschwistern und den anderen Paaren hier im Ort. Daran muss sich jeder halten; es ist eine Sache der Ehre". Nina nickte mit dem Kopf, denn das wusste sie nur zu gut und sie wollte ihrer Familie niemals Schande bereiten.

„Jetzt wollen wir erst einmal Siesta halten und danach gehen wir drei zu Ninolos Familie um zu erfahren, wie Nicolo zu dem Gespräch mit seinen Eltern stand", sagte ihre Mutter und erhob sich von ihrem Stuhl. Vater und Tochter folgten ihr.

Zwei Stunden später machten sie sich auf den kurzen Weg zu Nicolos Familie. Dort erfuhren sie, dass Nicolo, nach anfänglichem Zögern, zugegeben hatte, dass er sich in Nina verliebt hatte, aber bisher nicht den Mut fand, es seinen Eltern oder Nina zu sagen. Da beide Familien mit der Verbindung ihrer Kinder einverstanden waren, wurde beschlossen, sobald beide 18 Jahre alt waren, die Verlobung zu feiern, wenn ihre Gefühle füreinander sich nicht geändert hatten. Nina und Nicolo waren damit einverstanden, wagten es aber nicht, sich in die Augen zu schauen, denn es lag eine spürbare Spannung zwischen ihnen in der Luft. Einerseits waren sie froh, dass das Thema zur Sprache gekommen ist, aber andererseits war die Situation nun eine völlig andere. Aus ihrer unschuldigen Kinderfreundschaft war mehr geworden. Es war für sie beide etwas Neues, etwas unbekanntes, aber es fühlte sich gut an.

Nach dem Gespräch gingen Nina und ihre Eltern nach Hause, denn dort wollten sie die gute Neuigkeit auch den anderen Familienmitgliedern mitteilen. Gesagt, getan und es dauerte nicht lange und der ganze Ort wusste es, dass Nina und Nicolo nun füreinander bestimmt waren.

Das Leben nahm seinen gewohnten Gang und das eine Jahr bis zu ihrem 18. Geburtstag ging schnell vorüber. Nicolo war bereits zwei Monate vor ihr 18 Jahre alt geworden und somit stand der offiziellen Verlobung nichts mehr im Wege. Im Laufe des Jahres waren sie sich in ihren Gesprächen immer näher gekommen und beide waren der Meinung, dass sie den Rest ihres Lebens miteinander verbringen wollten.

Die Verlobungsfeier wollten die beiden Familien zusammen ausrichten. Es sollte ein schönes Fest werden und alle gaben sich bei den Vorbereitungen große Mühe. Es sollte an nichts fehlen, denn ihre Kinder sollten sich später einmal auch an diesen Tag immer gerne erinnern.

Gefeiert wurde, wie meistens, auf der Piazza. Dort war Platz für alle. Das Wetter war sehr schön, die Bäume blühten und der Blütenduft lag in der Luft.

Nina und Nicolo waren glücklich.

Alle hatten etwas nützliches für den zukünftigen, gemeinsamen Haushalt geschenkt, denn die meisten Paare heirateten bereits ein Jahr später. So wurde es bei allen Paaren gemacht, denn reich begütert waren sie alle nicht und so musste kein Paar in eine leere Wohnung oder Haus einziehen. Im Gegenteil, einige Dinge gab es sogar doppelt. Die wurden aufgehoben und an das nächste Paar weiter gegeben. Das hatten sie immer so gemacht und alle waren zufrieden und glücklich. Nina und Nicolo tanzten noch einen letzten gemeinsamen Tanz und dann war das Fest vorüber. Nina spürte ihre Müdigkeit und die Füße taten ihr etwas weh in den neuen Schuhen. Sie zog die Schuhe aus und ging barfuß weiter. Alle Gäste, die in die Richtung ihres Hauses nach Hause gingen, nahmen Geschenke mit und legten diese beim Haus von Ninas Eltern ab. So musste ihr Bruder und Nicolos Brüder nur einmal die Autos voll laden um alle Geschenke nach Hause zu bringen. Nina verabschiedete sich von den Gästen, die noch bei ihnen waren. Suchend sah sie sich nach Nicolo um. Doch, wo war er? Aber dann sah sie ihn schon die Straße entlang kommen...mit ihren neuen Schuhen in der Hand, die sie auf der Piazza vergessen hatte. Nina musste bei seinem Anblick lachen; lustig sah es aus, wie Nicolo ihre Schuhe auf der Handfläche balancierte und sich sehr bemühte, sie nicht fallen zu lassen. Auch Ninas Mutter musste lachen, als sie Nicolo so kommen sah. Im stillen dachte sie...im Grunde genommen, sind sie doch noch wie Kinder und seufzte leise. Aber, sie war damals auch nicht älter als die beiden, ja, sogar noch ein Jahr jünger. Doch damals waren ganz andere Zeiten. Sie mussten schneller Erwachsen werden als die Kinder von heute. Viele Mädchen, konnten nur bis zur sechsten Klasse in die Schule gehen, da sie im Haushalt oder auf dem Feld helfen mussten; sehr früh lernten sie den Ernst des Lebens kennen.

Zum Glück hatte sich das Leben für alle verbessert und keines ihrer drei Kinder musste vorzeitig die Schule beenden. Ihr Sohn hatte es bis zum Abitur gebracht, während Nina und ihre Schwester mit dem Abschluss nach der 10. Klasse zufrieden waren.

Nachdem sich auch Nina und Nicolo voneinander verabschiedet hatten, ging Nina mit ihrer Mutter ins Haus zu den anderen. Alle waren müde und froh, endlich zu Bett gehen zu können.

Überglücklich schlief Nina sofort ein und träumte von einer gemeinsamen

Zukunft mit Nicolo. Ja, er hatte ihr Herz erobert; dessen war sie sich ganz sicher. Das eine Jahr bis zur Hochzeit würde schnell vergehen.

Nach jedem, noch so schönem Fest, kehrt der Alltag wieder ein und jeder ging seiner Arbeit nach. Sie traf sich fast täglich mit Nicolo und ihre Gefühle füreinander wurden immer stärker. Doch, außer einem heimlichen Kuss, gab es keinerlei Zärtlichkeiten zwischen den beiden. Sie mussten damit bis zur Hochzeit warten.

So war es Sitte.....

Das Jahr war fast vergangen und alle sprachen schon über die bevorstehende Hochzeit, als etwas unerwartetes geschah.

Nicolos Vater verstarb ganz plötzlich. Alle waren fassungslos und bestürzt; sie konnten es nicht glauben; war er doch ein kräftiger, gesunder Mann und alt war er auch noch nicht. Trauer machte sich in den Herzen breit.

Was war geschehen?

Nur Nicolo hätte darüber erzählen können, aber dieser war wie erstarrt, er sprach kein Wort. Er konnte nicht einmal weinen. Er ging nicht mehr in die Werkstatt und hielt sich fast nur noch in seinem Zimmer auf. Er wollte niemanden sehen, nicht einmal Nina. Auch seiner Mutter konnte er nicht sagen, was vorgefallen war; es war, als ob er verstummt wäre.

Die Werkstatt blieb geschlossen und alle hatten Verständnis dafür.

Nicolo vergrub sich immer mehr und nicht einmal zur Beerdigung seines Vaters ging er.

So konnte es nicht weiter gehen.....

Er war seelisch krank und so kam sein
älterer Bruder auf den Gedanken, ihn
mit sich zu nehmen in die Großstadt.
Wo er lebte und arbeitete. Vielleicht
würde seinem Bruder das helfen. Dort
gab es auch Ärzte, die sie aufsuchen
konnten; die Nicolo vielleicht helfen
konnten. Er besprach sich mit seiner
Mutter und den Geschwistern. Die
ganze Familie war einverstanden, denn
hier im Ort war niemand, der Nicolo
hätte helfen können. Er ging in das
Zimmer seines Bruders und teilte ihm
mit, was die Familie besprochen hatte.
Zu seiner Verwunderung erhob Nicolo
keinerlei Einsprüche und machte sich
stattdessen sofort daran, einen kleinen
Koffer zu packen. Sein Bruder sagte
nichts und ging zurück zu den anderen.
,,Nicolo ist mit meinem Vorschlag
einverstanden; er packt schon seinen

Koffer," sagte er nur. Seine Mutter fing an zu weinen, aber auch sie dachte, dass es das Beste für ihren jüngsten Sohn ist. Eine Stunde später fuhren die Brüder mit dem Auto davon.

Von Nina hatte sich Nicolo nicht mehr verabschiedet.

Schweren Herzen machte sich Nicolos Mutter auf den Weg zum Elternhaus von Nina. Sie wollte es ihnen selber sagen, was passiert ist und, dass Nicolo mit seinem Bruder gefahren ist. Trotzt ihrer Trauer um ihren Mann war es ihr nicht entgangen, dass die Verlobte ihres Sohnes unsagbar litt.

Immer, wenn sie sich begegneten, sah sie in die verweinten Augen von Nina und dieses junge, unschuldige Mädchen tat ihr unendlich leid, aber sie konnte ihr auch nicht helfen und nun musste sie ihr auch noch diese traurige Botschaft überbringen. Wenn Nicolo sich wenigstens von Nina verabschiedet hätte, aber so; sie seufzte tief. Tränen liefen über ihr faltiges Gesicht, aber sie bemerkte sie nicht. Ninas Mutter, die gerade aus dem Fenster schaute, sah sie schon kommen und ging sofort zur Tür. Wortlos ließ sie Nicolos Mutter hinein und nahm sie erst einmal in ihre Arme. Sie hatte die Tränen in ihren Augen bemerkt und wusste sofort, dass etwas geschehen war. Die beiden Frauen setzten sich an den Küchentisch. Es dauerte eine Weile, bis Nicolos Mutter zu sprechen begann und alles erzählte. Ninas Vater, der das Kommen der Nachbarin auch bemerkt hatte, war zu ihnen in die Küche gekommen und hörte alles mit an. Das war ein großer Schock für Ninas Eltern

Wie sollten sie das blos ihrer Tochter beibringen? Nina war doch jetzt schon so verzweifelt. Ohne Abschied war er von ihr gegangen, ohne ein Wort.

Auch Ninas Mutter liefen jetzt die Tränen über die Wangen. Warum war das Leben manchmal so grausam? Im Moment drehte sich ihr alles im Kopf und sie konnte keinen klaren Gedanken mehr fassen.

„Es hilft alles nichts, wir müssen es Nina sagen, denn früher oder später würde sie es doch erfahren und es ist besser, wenn wir es hier, wo wir unter uns sind, sofort machen", sagte Ninas Vater.

Er stand auf und ging zum Zimmer seiner Tochter um sie zu bitten, mit ihm in die Küche zu kommen. Nina folgte ihrem Vater und sah sofort, dass etwas nicht in Ordnung sein konnte.

Was wollte Nicolos Mutter um diese Uhrzeit bei ihren Eltern? Ihr Herz klopfte bis zum Hals und als ihr Vater ihr die Wahrheit gesagt hatte, war sie einer Ohnmacht nahe. Das darf nicht sein, das darf nicht sein, dachte sie bei sich; es ist nur ein böser Traum. Doch in den Gesichtern der anderen sah sie, dass ein kein böser Traum war, es war real. Sie zitterte am ganzen Körper und fing hemmungslos an zu weinen. Ihre Mutter nahm sie in die Arme und versuchte sie zu trösten; doch es half nichts. Nina war mit ihren Nerven am Ende. Das Geschehen der vergangenen Monate war zu viel für sie. Gemeinsam mit ihrem Mann brachten sie Nina zurück in ihr Zimmer und legten sie auf das Bett. Ihre Mutter setzte sich zu ihr ans Bett und ihr Vater ging zurück in die Küche. Alles hatte so schön und hoffnungsvoll begonnen. Doch das Schicksal wollte es anders; hart und erbarmungslos hatte es zu geschlagen und Trauer und Leid über zwei Familien gebracht. Wortlos stand Nicolos Mutter auf, legte kurz ihre Hand auf den Arm von Ninas Vater und ging. Sie musste jetzt alleine sein. Gebeugt, wie eine uralte Frau, ging sie die Straße entlang zu ihrem Haus.

Mittlerweile waren Nicolo und sein Bruder schon ein gutes Stück voran gekommen und es würde nicht mehr lange dauern, bis sie in der Großstadt waren. Unterwegs hatte Nicolo kein Wort gesagt und sein Bruder ließ ihn in Ruhe. Er würde schon reden, wenn ihm danach ist, dachte er bei sich und fuhr in einem gemütlichen Tempo weiter. Langsam veränderte sich die Landschaft und er bemerkte aus dem Augenwinkel, dass sein Bruder auf einmal interessiert nach draußen blickte. Es war die richtige Idee ihn mitzunehmen; Nicolo musste raus aus seinem Umfeld, damit er aus seiner Lethargie und Trauer erwacht, dachte er bei sich und tat, als würde er es nicht bemerken. Es war ein Anfang und er war froh darüber.

Noch knapp eine Stunde hatten sie bis zu seinem Haus zu fahren. Die Stadt würde Nicolo gut tun. Da gab es jede Menge Abwechslung, die ihn vielleicht ablenken würden von seinem Schmerz und er würde darüber sprechen können, wie genau ihr Vater gestorben war. Eines wussten er und die Familie schon; nämlich, dass Nicolo bei seinem Tod bei ihm war, denn er hatte die

Ambulanz angerufen, damit sie den Vater in das nächste Krankenhaus fahren sollten; aber dafür war es schon zu spät. Der Notarzt konnte nur noch den Tod feststellen. Der plötzliche Tod ihres Vaters hatte auch ihn völlig fertig gemacht, doch er konnte besser damit fertig werden als sein Bruder. Vielleicht lag es daran, dass er schon seit einigen Jahren nicht mehr mit seiner Familie zusammen lebte. Er hatte nach seinem Studium keine Arbeit in der Nähe gefunden und so beschloss er damals in die Stadt zu ziehen, wo er als Dozent an der Universität eine gut bezahlte Arbeit gefunden hatte. Die Arbeit gefiel ihm und das Stadtleben auch. Er hatte sich etwas außerhalb des Zentrums ein kleines Häuschen mit Garten gemietet und war mit sich und der Welt mehr als nur zufrieden. Manchmal vermisste er das Meer, die lauen Sommerabende am Strand, die alten Freunde und vor allem die Familie. Wenn die Sehnsucht zu groß wurde, setzte er sich in sein Auto und fuhr heim. Aber das wurde im Laufe der Jahre immer seltener; eigentlich kam er nur noch zu den Festtagen nach Hause. Er liebte seine Familie über alles, aber jeder lebte sein Leben und sein Leben war nun hier in der Stadt, wo er sein Brot verdiente. „Wir sind da", sagte Paolo zu seinem Bruder und riss ihn mit seinen Worten aus seinen Gedanken. Nicolo stieg aus und nahm seinen kleinen Koffer. Mit staunenden Augen betrachtete er das kleine Häuschen, das seine Bruder bewohnte. Wie hübsch es hier stand inmitten des kleinen Garten. Es gefiel ihm gut. Paolo schloss die Tür auf und die Brüder gingen hinein.

"Du kannst in dem hinteren Zimmer wohnen", sagte Paolo zu Nicolo „mein Zimmer liegt direkt daneben. Die anderen Räume bewohnen wir von nun an gemeinsam. Was mein ist, ist auch dein; du kannst dich hier wie zu Hause fühlen".

„Danke, Paolo", antwortete Nicolo, „ich bin dir dankbar für alles".

Er begab sich in sein Zimmer um seine Sachen auszupacken und einzuräumen; viel war es nicht und es war schnell erledigt.

Bei sich dachte er, dass es gut war, dass er Paolos Angebot angenommen hatte, denn seit dem Tod ihres Vaters hatte er zum ersten Mal das Gefühl, wieder richtig atmen zu können. Bisher hatte er immer das Gefühl, dass seine Kehle wie zugeschnürt war. Bleierne Müdigkeit überfiel ihn. Er legte sich auf das Bett und war im Nu eingeschlafen. Paolo wartete in der Küche auf seinen Bruder und als dieser nach geraumer Zeit immer noch nicht kam, ging er hin, um nach ihm zu sehen. Er öffnete die Tür zu dessen Zimmer und sah, dass Nicolo tief und fest schlief. Leise schloss er die Tür wieder. Es ist gut, wenn er schlafen kann, dachte Paolo bei sich und ging wieder in die Küche um seinen Espresso zu trinken. Danach rief er seine Mutter an und teilte ihr mit, dass sie gut angekommen waren und sie sich keine Sorgen machen sollte; er würde gut auf seinen Bruder aufpassen. Das beruhigte seine Mutter etwas; war sie doch froh darüber, dass Paolo sich um Nicolo kümmerte. Die vergangenen Monate, seit dem Tod ihres Mannes, hatten bei ihr Spuren hinterlassen und sie fühlte sich kraftlos.

Nina hatte sich in den Schlaf geweint und ihre Mutter verließ leise das Zimmer. Es brach ihr fast das Herz ihre Tochter so unglücklich zu sehen. Nina war noch so jung und voller Hoffnung. Sie hatte sich zum ersten Mal verliebt und träumte von einer glücklichen Zukunft mit Nicolo. Alles begann so wunderschön und sorglos. Doch gegen das Schicksal ist niemand gefeit und so hatte es ihre Jüngste hart getroffen; besonders, dass Nicolo seit dem Tod seines Vaters den Kontakt zu ihr mied und nun ohne ein Wort des Abschied mit seinem Bruder fort gefahren war. Wie sollte sie das jemals verstehen und verkraften, denn bisher verlief ihr Leben in glücklichen Bahnen. Sie ging zu ihrem Mann in die Küche, wo sich mittlerweile auch ihre beiden

älteren Kinder eingefunden hatten.
Beide hatten am Arbeitsplatz davon
erfahren, dass Nicolo fort sei und, da
sie im Ort arbeiteten, konnten sie
schnell nach Hause eilen. Sie wollten
ihre Eltern und die kleine Schwester
heute nicht allein lassen. Da jeder
jeden kannte, hatten ihre Arbeitgeber
großes Verständnis und auch für sie
war es selbstverständlich, dass die
Familie in Stunden des Schmerzes
zusammen war. Es hätte jeden von
ihnen auch treffen können und sie
fühlten mit der Familie.
Ihre Älteste hatte ihre Tränen nicht
zurück halten können und weinte in
ihr Taschentuch während Vater und
Sohn betreten vor sich hin schauten.
Niemand wusste, wie es weiter gehen
sollte; wie sie Nina helfen konnten. Sie
kochte erst einmal einen Espresso für

alle und danach wollten sie gemeinsam beraten, was sie machen könnten. Der Liebe ihrer Familie war Nina sicher, aber das allein würde hier nicht weiter helfen. Sie mussten sich etwas einfallen lassen.

Gut, dass Nina jetzt schlief.

Sie tranken ihren Espresso und jeder für sich überlegte erst einmal, was man machen könnte. Doch, keiner von ihnen kam zu einem Ergebnis, dass Nina wirklich helfen würde.

Die Zeit heilt alle Wunden. Diese alte Redensart, in der so viel Wahrheit steckte, fiel ihnen ein. Aber bis dahin war es ein langer, trauriger Weg. Wie lang dieser Weg werden würde, das ahnte niemand in diesem Moment.

Sie schaute noch einmal nach ihrer Tochter, aber Nina lag immer noch so in ihrem Bett wie sie sie verlassen hatte und schlief; ab und zu schluchzte sie leise und atmete schwer.

„Schlaf mein Kind, es ist das beste, was du jetzt machen kannst", flüsterte sie und strich ihrer Tochter liebevoll über den Kopf.

Dann ging sie wieder zu den anderen in die Küche.

Als Nicolo erwachte, war die Sonne bereits unter gegangen. Obwohl er tief und fest geschlafen hatte, fühlte er sich wie ausgelaugt. Er begab sich in die Küche und kochte sich erst einmal einen starken Espresso. Er rief nach seinem Bruder, aber es kam keine Antwort. Als Nicolo sich mit seinem Espresso an den Küchentisch setzte, sah er den Zettel von Paolo auf dem stand, dass er bald zurück ist; er habe noch etwas im Büro zu erledigen. Er würde von unterwegs eine Pizza für das Abendessen mitbringen. Nicolo trank seinen Kaffee und merkte, wie seine Lebensgeister zurück kamen. Seit langem fühlte er sich irgendwie befreit, so, als ob eine zentnerschwere Last von seinen Schultern genommen war. Er begann sich in dem Häuschen um zu sehen; schön hatte es sein Bruder hier. Als er ins Badezimmer ging, sah er dort zwei Bademäntel hängen, aber er dachte sich nichts dabei. Sicherlich hatte sein Bruder schon einen für ihn dort hin gehängt, falls er während seiner Abwesenheit duschen wollte.

Wie konnte er auch ahnen.....

Aber das Leben in der Stadt war eben ein anderes als unten bei ihnen im kleinen Ort.

Früh genug würde er es mitbekommen

und er ahnte nicht, dass er Gefallen an dem Leben in der Stadt finden würde. Er holte sich frische Sachen aus seinem Zimmer und duschte erst einmal lange und ausgiebig. Die wohlige Wärme des Wasser tat ihm gut. Danach hüllte er sich in einen der Bademantel, als er seinen Bruder schon kommen hörte. „Nicolo, ich bin zurück", rief sein Bruder „komm, wir können gleich essen sonst wird die Pizza kalt".

Er hatte das Licht im Badezimmer, das durch die kleine Scheibe in der Tür schimmerte, gesehen. Nicolo räumte noch kurz auf und ging dann im Bademantel zu Paolo in die Küche. Als dieser seinen Bruder sah, konnte er sich ein grinsen nicht verkneifen und Nicolo schaute ihn verwundert an; er blickte an sich herunter, aber er hatte den Bademantel richtig zugemacht.

Wie sollte er auch ahnen, dass sich schon manch eine junge Dame in diesen Bademantel gehüllt hatte. Ja, Paolo war kein Kostverächter und die Damen hatten es ihm angetan. Er sah gut aus, verstand es zu flirten und Komplimente zu machen; er war beliebt bei der Damenwelt. Aber das würde sein kleiner Bruder noch früh genug mitbekommen; jetzt wollte er ihn nicht damit konfrontieren. Erst einmal musste Nicolo wieder zu sich kommen und lernen mit seiner Trauer, seinem Schmerz umzugehen. Vorerst wollte er alles tun um seinem Bruder zu helfen; so, wie er es seiner Mutter versprochen hatte. Er war zwar in manchen Dingen ein Luftikus und nahm die Dinge leicht, aber wenn es um die Familie ging, dann war er sich der Verantwortung wohl bewusst.

Die Brüder setzten sich an den Tisch und ließen sich die leckere Pizza gut schmecken. Zwischendurch fragte er Nicolo ob er gut schlafen konnte in dem Bett und als dieser seine Frage bejahte, war er zufrieden. Sie redeten über alles mögliche, aber nicht über den Tod ihres Vaters. So lange Nicolo nicht von sich aus darüber sprechen wollte mied er das Thema. Wichtig war im Moment nur die Gesundheit und Stabilität seines Bruders und er würde alles tun um Nicolo dabei zu helfen. Nach dem Essen machten sie noch einen Spaziergang durch den Garten und Paolo zeigte Nicolo was er alles angepflanzt hatte. Nicolo hatte keine Ahnung, dass sein großer Bruder auch gärtnerische Fähigkeiten besaß. Zu Hause hatten sie keinen Garten und das Obst und Gemüse mussten sie auf dem Markt kaufen. Es war zwar immer alles frisch, da die Bauern es täglich frisch auf den Markt brachten, aber eigenes Obst und Gemüse aus dem Garten, das war etwas besonderes. Er hörte seinem Bruder interessiert zu und es gefiel ihm, was Paolo erzählte. Wenn er mit Nina verheiratet war, dann wollte er auch ein Häuschen mit Garten für sie bauen. Er hatte lange nicht an Nina gedacht und auf einmal kam sie ihm in den Sinn. Er hatte den Gedanken an sie völlig verdrängt seit sein Vater gestorben war. Vielleicht lag es an der anderen Umgebung oder daran, dass er seit Monaten wieder einmal so richtig geschlafen hat; er wusste es nicht.

Eine große Sehnsucht machte sich in seinem Herzen breit. Nina, meine liebe Nina, verzeih mir, dachte er bei sich.

Er hörte nur noch mit halben Ohr auf die Worte von Paolo; seine Gedanken waren bei Nina.

„Sei mir nicht böse, Paolo, ich bin müde und würde gerne schlafen gehen. Der Tag war anstrengend; lass uns morgen weiter reden, heute bin ich nicht mehr in der Lage deinen Worten zu folgen", sagte er zu seinem Bruder.

„Du hast recht", erwiderte Paolo, „auch ich bin müde; lass uns schlafen gehen und morgen weiter sprechen".

Sie gingen zurück zum Haus und legten sich schlafen.

Als Nina erwachte fühlte sie sich wie gerädert. Sie hatte das Gefühl, als würde ihr jeder Knochen weh tun. Sie rief nach ihrer Mutter. Sofort eilte ihre Mutter zu ihr, als sie die Stimme ihrer

Tochter hörte. Sie setzte sich zu ihr ans Bett und Nina schmiegte sich in ihre Arme.

„Meine Güte, du bist ja ganz heiß", entfuhr es ihr „du hast ja Fieber". Tatsächlich, Nina war glühend heiß und ihre Mutter holte sofort eine Schüssel Wasser und Tücher um ihrer Tochter die Stirn und die Waden zu kühlen. Sie rief nach ihrem Mann und sagte zu ihm, er soll sofort den Arzt holen; auch, wenn es schon mitten in der Nacht ist. So hatte sie Nina noch nie erlebt und sie machte sich große Sorgen. Das war kein normales Fieber, dass eventuell durch eine Infektion oder ähnlichem hervor gerufen wurde, denn Nina war kerngesund. Es musste mit der Aufregung der letzten Monate zu tun haben; es kam von den Nerven. Ninas Vater zog sich nur schnell seine

Hose und eine Jacke an und lief schnell zum Arzt. Er klingelte Sturm und kurz darauf öffnete sich oben ein Fenster. Der Arzt blickte hinaus und sah Ninas Vater unten vor der Tür stehen.

„Ich komme", rief er ihm zu, nahm seinen Arztkoffer und eilte die Treppe hinunter.

Ninas Vater erzählte ihm was passiert war. Der Arzt verstand sofort was es sein konnte; Nina war nicht die erste Frau die mit hohem Fieber auf seelische Belastungen reagierte. Doch meistens waren die Frauen älter; Nina war ja noch so jung. Er kannte die ganze Familie gut, da er bei den Geburten der Kinder ihnen zur Seite gestanden hatte und auch sonst immer für sie da war, wenn sie einen Arzt benötigten. Zum Glück kam das bisher sehr selten vor. Am Haus angekommen, eilte er sofort in Ninas Zimmer und fühlte ihre Stirn und ihren Puls. Ängstlich sah Ninas Mutter den Arzt an als er eine Spritze aufzog.

„Keine Sorge", sagte der Arzt als er ihren Blick bemerkte, „das kriegen wir wieder hin. In wenigen Tagen ist alles vergessen. Es ist eine Reaktion auf die seelischen Belastungen der letzten Monate. So lange ist aber Bettruhe angesagt und bitte jede Aufregung von ihr fernhalten; es wäre Gift für ihre Seele.

Er gab Nina die Spritze, stellte noch ein Rezept aus und verabschiedete sich. Die Eltern blieben noch am Bett ihrer Tochter sitzen.

„Du kannst schlafen gehen", sagte Ninas Mutter zu ihrem Mann, „ich bleibe heute Nacht bei Nina und lege mich neben sie damit sie spürt, dass jemand bei ihr ist; es wird ihr sicher gut tun".

„Wenn etwas ist, ruf mich sofort," antwortete ihr Mann und verschwand ins Schlafzimmer.

Die Nacht war ruhig und am Morgen war das Fieber gesunken. Die Spritze hatte ihre Wirkung nicht verfehlt. Nina schlief noch, als ihre Mutter sich leise aus dem Zimmer schlich. Auch ihr Mann und die beiden Ältesten schliefen noch und so ging sie in die Küche um das Frühstück vorzubereiten.

Der Espresso brodelte auf dem Herd und der Duft des Kaffees hatte wohl ihre Älteste aus den Federn gelockt, denn sie stand in ihrem Nachthemd in der Küchentür und gähnte.

„Komm, der Kaffee ist gleich fertig und das Frühstück auch. Wir können in Ruhe gemeinsam frühstücken bevor die anderen wach werden", sagte sie zu ihrer Tochter.

„Ich habe in der Nacht mitbekommen, dass der Arzt bei Nina war, aber, da alles ruhig blieb, bin ich im Bett geblieben; ihr hättet mich sonst sicher gerufen", sagte ihre Tochter.

„Was ist denn nun mit Nina"? wollte sie wissen.

Ihre Mutter erzählte, was in der Nacht war und, dass Nina sehr hohes Fieber bekommen hatte, sodass sie den Arzt holen mussten. Weiter sagte sie, dass der Arzt meinte, es wäre alles zu viel für Nina gewesen und ihre Nerven würden ihr einen Streich spielen. Aber nach der Spritze konnte sie schlafen und schlief immer noch. Es ist jetzt das Beste in dieser Situation, ihr Körper schläft sich gesund. Ich schaue gleich noch einmal nach ihr. Ihre Tochter nickte und sagte:

„Ich komme mit, ich möchte auch sehen, wie es Nina geht".

Sie tranken noch ihren Kaffee aus und gingen dann in Ninas Zimmer. Alles war in Ordnung. Das Fieber war nicht wieder gestiegen und Nina schlief tief und fest. Für das erste konnten sie beruhigt sein und verließen leise das Zimmer.

Die Tage gingen dahin und langsam erholte Nina sich wieder. Es kam der Tag, an dem sie beschloss wieder zur Arbeit zu gehen. Wider erwarten hatte sie kein Wort mehr über Nicolo gesagt. Es war, als ob sie die traurigen Monate tief in ihrem Inneren verschlossen hat. Sie legte eine Ernsthaftigkeit an den Tag, die für einen so jungen Menschen erstaunlich war. Ihre Unbeschwertheit war dahin und das tat ihrer Mutter im Herzen weh. Doch sie sprach ihre Tochter nie mehr auf das Thema an.

An diesem Morgen war Nina früh aufgestanden. Es würde ihr erster Arbeitstag seit langem sein. Sie hatte keine Ahnung, dass dieser Tag eine große Überraschung für sie bereit hielt. So machte sie sich nach dem Frühstück auf den Weg zu dem Schuhgeschäft ihres Onkels. Dieser war freute sich über alle Maßen sie endlich wieder im Geschäft zu haben. Er nahm seine Nichte in die Arme und küsste sie auf beide Wangen. Nina teilte seine Freude. Erstens mochte sie ihren Onkel sehr und zweitens hatte ihr die Arbeit hier, in dem Schuhgeschäft, immer viel Freude bereitet.

„Setz dich", sagte ihr Onkel und zog sie zu sich auf die kleine Gartenbank, die vor dem Geschäft stand.

„Nina, ich habe mir während deiner Abwesenheit so einiges durch den Kopf gehen lassen. Ich bin nicht mehr so jung und die Jahre machen sich bei mir bemerkbar. Du hast Spaß an der Arbeit, bist verantwortungsbewusst und jung. Du solltest eine Chance bekommen. Ich habe bereits mit deinen Eltern darüber gesprochen und sie sind derselben Meinung", sagte ihr Onkel zu ihr.

Nina schaute ihn erstaunt an. Was meinte er? Was wollte er ihr damit sagen?

In diesem Moment sah sie ihre Eltern kommen. Was wollten sie hier? Im Moment verstand Nina gar nichts mehr. Onkel und Eltern begrüßten sich herzlich und ihr Onkel holte noch zwei Stühle aus dem Laden damit sie sich zu uns setzen konnten. Umständlich rieb er sich die Hände und suchte nach Worten.

„Nina, wir haben beschlossen, dass du zukünftig das Schuhgeschäft ohne mich weiter führen wirst. Vorausgesetzt, du bist einverstanden. Ich werde nur noch die nächsten Tage hier sein, um dich in alles einzuweisen. Ich hätte mich schon vor einigen Jahren zur Ruhe setzen können, aber wie du ja weißt, wollte keines meiner Kinder das Geschäft übernehmen. Das Glück hat dich zu mir geführt und ich hatte Zeit, dich bei allem was du machst, zu prüfen. Du machst deine Sache gut und ich wäre glücklich, wenn du das Angebot annehmen würdest", endete ihr Onkel seinen Wortschwall.

Nina konnte das soeben gehörte gar nicht fassen und sah Onkel und Eltern ungläubig an. Doch, als sie in lachende

Gesichter sah, wusste sie, dass ihr Onkel es ernst gemeint hatte. Freudig fiel sie ihm um den Hals und küsste seine Wangen.

„Nun ist es aber genug", sagte ihr Onkel und ging nach drinnen um seine Rührung zu verbergen.

Ihre Eltern erklärten ihr, dass alles schon so weit geregelt ist, denn keiner hatte daran gezweifelt, dass Nina das Angebot nicht annehmen würde. Der Onkel würde Eigentümer bleiben und erst nach seinem Tod sollte Nina das Schuhgeschäft erben. So war es mit dem Notar besprochen; es fehlten nur noch die Unterschriften, da sie ja erst das Einverständnis von Nina abwarten mussten.

Was ihre Eltern ihr verschwiegen war, dass sie das mit dem Onkel, während sie so krank war, besprochen hatten, weil sie darin eine Chance sahen Nina über ihren seelischen Kummer hinweg zu helfen und dem Onkel war auch geholfen. Konnte er doch nun endlich seinen wohlverdienten Ruhestand genießen.

Ihr Onkel hatte sich wieder zu ihnen gesellt und Nina sagte ihm, dass sie das Angebot sehr gerne annehmen würde und ihn nicht enttäuschen würde.

„Dann rufe ich den Notar an und wenn er Zeit hat, können wir alles regeln", sagte ihr Onkel.

Ihre Eltern machten sich auf den Heimweg und Nina und ihr Onkel begaben sich in das Geschäft um die neue Ware einzuräumen, als auch schon die erste Kundin kam und sich umsah. Nina stand ihr freundlich zur Seite und man merkte ihr die Freude an ihrer Arbeit an.

Nicolo ging es von Tag zu Tag besser. Sehr schnell hatte er sich an das Neue gewöhnt. Paolo hatte ihm die Stadt gezeigt, wo er arbeitete und ihm einige junge Damen vorgestellt die, wie er sagte, Kolleginnen waren; wobei er spitzbübisch grinste. Noch war Nicolo ahnungslos und glaubte seinem Bruder, aber, als er ihm nun zum dritten Mal Kolleginnen vorstellte, da war auch bei Nicolo der Groschen gefallen.

Sein Bruder war ein kleiner Casanova. Er lebte die Freiheit, die er in dem kleinen Ort aus dem sie kamen nicht kannte, aus und fühlte sich rundherum zufrieden hier. Sein kleines Häuschen etwas am Stadtrand, der zweite Bademantel; nun konnte auch Nicolo eins und eins zusammenzählen. Er musste lachen, als er daran dachte, sein Bruder hätte für ihn den zweiten Bademantel hingehängt, den er am Tag seiner Ankunft im Badezimmer vorfand. Paolo hatte vergessen, den Bademantel wegzulegen, das war alles, denn kurz bevor er nach Hause fuhr, hatte er noch Damenbesuch. Nicolo musste grinsen bei dem Gedanken daran. Was würde wohl die Familie sagen, wenn sie es wüsste? Seit er hier war, hatte Paolo keinen Damenbesuch. Er wollte seine Bruder heute Abend direkt darauf ansprechen; jetzt, wo er dessen kleines Geheimnis kannte.

Nicolo selber hatte bisher noch keinerlei Erfahrungen, denn außer, dass er mit Nina Händchen gehalten hat und ihr einen zärtlichen Kuss beim Abschied gab, kannte er noch nichts; er wusste noch nichts von der Liebe. Aber, er war neugierig und die Freiheit der

Mädchen und Frauen hier in der Stadt hatten sein Blut schon einige Male in Wallung gebracht. In seinem kleinen Ort war alles so klar. Vor der Hochzeit gab es keine Intimitäten und wenn er Nina heiratete, war es für sie beide das erste Mal. Bisher war das auch für ihn in Ordnung, doch das Leben in der Stadt hatte sein Weltbild verändert. Er war knappe 20 Jahre alt und das Blut pulsierte in ihm. Paolo kam gerade nach Hause und Nicolo sprach ihn sofort darauf an, was er vermutete. Paolo sah ihn erstaunt an; er hatte gedacht, sein freies Leben vor seinem Bruder verbergen zu können; aber er hatte sich getäuscht und so erzählte er Nicolo von seinem freien Leben hier in der Stadt. Nicolo staunte nicht schlecht über die Worte des Bruders; war es doch einer der Gründe, warum dieser nicht mehr in den kleinen Ort zurück kommen wollte. Ja, es imponierte ihm sogar.

Sie gingen in die Küche um gemeinsam zu essen. Nicolo hatte heute Spaghetti gekocht und dazu die leckere Soße, die seine Mutter immer machte. Er kochte nur manchmal, denn meistens gingen sie in die kleine Taverne in der Nähe. Das Essen war sehr gut und preiswert dort. Paolo verdiente genug um es sich auch für 2 Personen leisten zu können. Sie hatten ein sorgloses, schönes Leben und tagsüber beschäftigte sich Nicolo ausgiebig mit dem Garten; es war so etwas wie eine Leidenschaft, die ihn für den Garten erfasst hatte. Er liebte es zu sehen, wie alles gedeiht und wächst. Aus Büchern hatte er sich so einiges angeeignet und Paolo stand ihm auch mit Rat und Tat zur Seite.

Einmal in der Woche telefonierten sie mit ihrer Mutter um zu hören, wie es ihr geht. Müde war sie geworden, sagte sie ihnen am Telefon, aber wenn der nächste Sommer kommt, die Wärme, dann würde es ihr sicher neue Kraft geben. Der Herbst hatte doch bereits so manche Tage an denen es regnete und der Himmel grau war; das jetzige Wetter machte ihren Knochen sehr zu schaffen; doch, sie sollten sich nicht sorgen, denn alle würden sich rührend um sie kümmern. Wichtig war ihr nur, dass ihr jüngster Sohn wieder lachen konnte. Ihren eigenen Schmerz um den verstorbenen Mann, mit dem sie fast ein Leben lang zusammen war, stellte sie hinten an; nur, wenn niemand es sah, ließ sie ihre Tränen zu. Sie spürte, dass auch ihre Tage gezählt waren, aber sie schwieg; warum sollte sie ihre

Kinder damit belasten, sie hatten doch gerade erst den Vater verloren. Gerade eben hatte Ninas Mutter ihr einen großen Topf Pasta vorbei gebracht und sie war dankbar darüber, denn es fiel ihr immer schwerer noch jeden Tag zu kochen. Die Finger waren steif und nur mit Mühe konnte sie Dinge halten. Es sit nicht schön, wenn man alt ist und auf Hilfe angewiesen ist, dachte sie bei sich.

Nicolo und Paolo bekamen es gar nicht mit, dass es ihrer Mutter schlechter ging. Die Geschwister sagten auch nicht am Telefon, da sie glaubten, dass Paolo immer noch alle Hände voll zu tun hatte Nicolo wieder auf die Beine zu bringen. Er musste arbeiten gehen und sich um den Brüder kümmern, das war genug und sie wollten ihn nicht noch zusätzlich belasten. Das die beiden mittlerweile ein ganz normales Leben führten und Nicolo seinen Schmerz und seine Trauer überwunden zu haben schien, das wussten sie nicht. Paolo hatte zwar gesagt, dass es Nicolo deutlich besser ging, aber, dass er schon wieder ganz gesund war, das konnten sie sich nicht vorstellen. Gut, dass er bei seinem Bruder war; so dachten sie alle.

Der Herbst war ins Land gegangen und der Winter hatte Einzug gehalten. Weihnachten stand vor der Tür und Nicolo und Paolo wollten das Fest mit der Familie verbringen. Es würde das erste Mal sein, dass Nicolo wieder nach Hause fuhr und er freute sich darauf. Er dachte an zu Hause und vor seinen Augen sah er Nina. Die ganzen Monate hatte er sich nicht bei ihr gemeldet. Er wusste selber nicht warum; sie waren doch verlobt und wollten heiraten. Sein Kopf schmerzte auf einmal und eine innere Unruhe erfasste ihn. Nina, wie soll ich ihr bloß wieder unter die Augen treten? Was soll ich ihr sagen; ihr erklären, warum? Er wusste es doch selber nicht, warum er so gehandelt hat.

In dieser Nacht träumte er von Nina.

Festlich sollte es aussehen.

Es war das erste Mal, dass Nina ihr kleines Schuhgeschäft weihnachtlich schmückte. Sie überlegte hin und her; schön sollte es werden, das alle Leute die vorbei gehen stehen bleiben und die Kinder sich die Nasen an der Schaufensterscheibe platt drücken.

So wollte sie es machen und ihr Onkel würde bestimmt stolz auf sie sein. Doch, das war er bereits, denn der Umsatz war bei Nina um einiges besser, als bei ihm. Das musste er neidlos anerkennen. Was für Ideen sie auch immer hatte um Kunden in das Geschäft zu locken. Im Geschäft gab es jetzt auch schöne bunte Tücher und Handtaschen zu kaufen. Jede Woche dekorierte Nina die Schaufenster neu und stellte frische Blumen zwischen die Auslagen. So etwas gab es hier im Ort bisher noch nie, aber allen, die vorüber gingen, gefiel es und sie kamen in das Geschäft um Nina ein lobendes Wort zu sagen; ab und an kam es dann auch zu einem spontanen Kauf. Nina freute sich immer sehr über ein Lob und es war Ansporn für sie, weiter zu machen. Sie ging jeden Morgen mit großer Freude in ihr kleines Geschäft. Auch ihren Eltern und Geschwistern gefiel es, was ihre Tochter machte und sie waren sehr froh, dass sie damals, zusammen mit dem Onkel, auf diese gute Idee gekommen waren.

Was sie nicht ahnten war, dass Nina tief in ihrem Inneren noch immer an dem vergangenem zu knabbern hatte und die Ungewissheit, warum Nicolo sich nicht von ihr verabschiedet hatte und sich nicht ein einziges Mal bei ihr gemeldet hatte seit er bei seinem Bruder lebte, nagte an ihr. Sie lachte, aber ihr Herz weinte.

Nina hatte die beiden Schaufenster fertig dekoriert und war zufrieden mit dem Ergebnis. Eine Lichterkette und Tannenzweige rundete das Bild ab. Vor dem Geschäft hatte sie auf einem Tischchen einen kleinen Tannenbaum aufgestellt und darunter einen bunten Teller mit Süßigkeiten für die Kinder. Viel kamen nach der Schule an ihrem Geschäft vorbei und würde sich über die Kleinigkeiten auf dem Teller freuen. „Hallo, ist jemand zu Hause", hörte sie die Stimme ihres Onkels rufen.

Nina ging zu ihm und ihr Onkel war voller guter Worte für sie, denn so eine schöne Dekoration hatte er noch nie gesehen; keiner hatte so etwas im Ort. Du kannst stolz auf dich sein, mein Mädchen", sagte er und legte seinen Arm um Ninas Schultern.

Nina fühlte sich glücklich und legte ihren Kopf an sein Schulter.

Einen Tag vor dem Weihnachtsfest kamen Paolo und Nicolo in dem Ort an. Sie mussten mit dem Auto an der

Werkstatt ihres Vaters vorbei fahren. Nach langer Zeit sah Nicolo sie das erste Mal wieder und ihn beschlich ein ungutes Gefühl. Alles, was er bei Paolo in seinen Gedanken beiseite schieben konnte, stieg wieder in ihm auf. Ihm war klar, er musste sich dem stellen und endlich darüber reden, was an jenem Tag geschah.

Ihre Mutter erwartete sie schon vor dem Haus und freute sich sehr, ihre beiden Söhne zu sehen.

Wie alt sie geworden war in den vergangenen Monate, dachte Nicolo und nahm seine Mutter liebevoll in die Arme. Auch Paolo umarmte die Mutter und gemeinsam gingen sie ins Haus. Ihre Geschwister waren auch schon da und sie begrüßten einander herzlich. Es war das erste Weihnachtsfest ohne den Vater und die Stimmung war bei allen sehr bedrückt. Sie hatten zwar einen Baum geschmückt und das Haus schön weihnachtlich dekoriert, aber es war nicht wie in den vielen Jahren zuvor; der Mann und Vater fehlte.

Erst einmal setzten sie sich alle an den großen Tisch, denn es war Mittagszeit und sie wollten gemeinsam essen. Die älteste Schwester brachte das Essen an den Tisch und alle bedienten sich. Als sie fertig mit dem Essen waren sagte Nicolo:

,,Bitte bleibt sitzen, ich möchte euch etwas sagen". Heute, als wir an der Werkstatt vorbei fuhren, ist mir klar geworden, dass ich ich das Geschehene reden muss, da es mich sonst immer verfolgen wird. Bei Nicolo war es so weit weg in meinen Gedanken und ich dachte, ich hätte es überwunden. Doch hier ist mir heute klar geworden, dass es nicht so ist; es brennt immer noch in meiner Seele. Ihr wisst, dass ich ohne ein Abschiedswort für Nina fortgefahren bin und ich habe mich in der Zwischenzeit auch nicht bei ihr gemeldet; ich bereue es zutiefst, denn Nina ist nach wie vor in meinem Herzen.

Darum möchte ich folgenden Vorschlag machen. Ich werde nachher rüber gehen zu ihrer Familie und sie bitten, heute Abend zu uns zu kommen. Ich werde euch allen dann erzählen wie es war, als Vater starb.

Vielleicht kann Nina mir verzeihen, wenn sie die Wahrheit erfährt".

Alle waren einverstanden und gleich nach der Siesta ging Nicolo zu Ninas Familie um sie um ihr Kommen zu bitten. Sie waren einverstanden; die Angelegenheit musste geklärt werden.

Gegen 20.00 Uhr gingen sie alle zu Nicolos Familie. Gemeinsam wollten sie hören, was er zu sagen hatte. Es ging sie schließlich alle etwas an, denn es ging um ihre Tochter und Schwester. Nina wollte erst nicht mitkommen, aber ihr Vater meinte, dass sie sich dem stellen muss, um ihren Frieden mit der Sache zu machen und um zu wissen, ob Nicolo noch zu seinem Wort stand. Am Arm ihrer Mutter ging sie mit zu Nicolos Haus.

Sie wurden herzlich empfangen und alle setzten sich an den großen Tisch. Nicolo begann zu erzählen......

„An jenem Tag war eigentlich alles wie immer. Vater und ich arbeiteten gemeinsam an einem Auto. Wir lachten und scherzten, so, wie wir es immer machten; reichten uns gegenseitig das

Werkzeug zu und als wir die Arbeit erledigt hatten, beschlossen wir eine Pause zu machen; einen Kaffee zu trinken und unsere Brote zu essen. Wie immer setzten wir uns auf die kleine Werkbank. Vater erzählte mir etwas und ich biss gerade von meinem Brot ab, als er von der Bank fiel; einfach so, mitten im Wort. Vor Schreck ließ ich das Brot fallen und ich wollte Vater beim aufstehen helfen, da ich dachte, er wäre herunter gefallen. Doch, dem war nicht so, er kam nicht zu sich und ich konnte ihn nicht hochheben. Ich wusste nicht, was ich machen sollte und habe die Ambulanz gerufen. In diesem Moment war immer noch nicht klar, dass Vater tot ist. Ich dachte, er wäre ohnmächtig. Immer wieder rief ich-Vater, Vater, rüttelte ihn und gab ihm einen Klaps auf die Wangen; doch er kam nicht zu sich. Ich nahm seinen Kopf in meine Hände und konnte nur noch weinen. Was sollte ich machen? Die Ambulanz konnte nur noch seinen Tod feststellen. Alle versuche ihn wieder zum Leben zu bringen waren vergeblich. Ich hatte noch nie einen Toten gesehen oder war dabei, als ein Mensch starb. Es war zu viel für mich; ich konnte nicht darüber sprechen und wollte nur fort. Bei Paolo konnte ich mich wieder fangen, aber als wir heute früh an der Werkstatt vorbei fuhren, merkte ich, dass ich noch nichts von alledem verarbeitet habe; es schmerzt immer noch wie an jenem Tag und darum werde ich nach den Feiertagen auch wieder mit Paolo fahren; ich muss Abstand haben, sonst ertrage ich es nicht.

Nina, ich weiß, ich habe dir sehr, sehr

weh getan, als ich ohne ein Wort gegangen bin, aber ich konnte nicht anders. Es muss schrecklich für dich gewesen sein; ich habe nur an mich gedacht. Aber ich wollte es nicht, denn meine Gefühle für dich haben sich in der Zeit nicht geändert und nach wie vor möchte ich, dass du meine Frau wirst. Doch im Moment geht es noch nicht und ich kann dich nur um Verzeihung und um Geduld bitten. Wenn du dich gegen mich entscheidest, werde ich es hinnehmen müssen, denn der Mensch kann nur ertrage, was er ertragen kann ohne selber zu Grunde gehen", mit diesen Worten endete Nicolo.

Als er aufblickte sah er in verweinte Gesichter; alle waren zutiefst von dem Gehörten betroffen und mussten seine Worte erst einmal sacken lassen.

Seine Mutter, die neben ihm saß, nahm ihn in die Arme und streichelte seine Wangen. Sie musste keine Worte machen, sie verstand, was in ihrem Sohn vorgegangen war, warum er so wortlos ging und wieder gehen muss.

In die Stille sagte Ninas Vater:
Es ist gut, dass du darüber mit uns allen gesprochen hast. Nun sind wir in Lage, die Situation zu verstehen und warum alles so gekommen ist. Der Schock steckt noch tief in dir und du solltest, wenn du wieder in der Stadt bist, dir Hilfe suchen bei einem Arzt. Alleine wirst du es nicht schaffen da wieder heraus zu kommen. Wir werden jetzt nach Hause gehen und uns später darüber unterhalten, wie Nina darüber denkt. Im Moment sind wir alle zu sehr durcheinander. Am zweiten Feiertag

treffen wir uns alle bei uns zum Mittag und anschließend wird Nina dir eine Antwort geben", sagte er zu Nicolo. Ohne große Verabschiedung gingen sie; es war das Beste, wenn jede Familie erst einmal unter sich ist um darüber zu sprechen.
Er hatte den Arm um seine Tochter gelegt und schweigend gingen sie heim.

Heilig Abend und der 1.Weihnachtstag verliefen sehr besinnlich. Sie hatten den üblichen Kirchgang gemacht und sind ansonsten unter sich geblieben.
In diesem Jahr war ihnen nicht danach zumute sich mit Freunden zu Treffen.
Heute war nun der 2. Weihnachtstag und wie besprochen, kam Nicolo mit seiner Familie zum Essen.
Die Stimmung war nicht mehr so angespannt und alle konnten das

Weihnachtsmenü genießen. Hier und da flammten kleine Gespräche auf und man konnte sogar miteinander lachen. Es schien, als ob sich alle nach den Worten von Nicolo besser fühlten, so traurig auch seine Worte waren, aber sie hatten den Knoten gelöst und die Ungewissheit der letzten Monate war weg. Nun kam es nur noch auf Ninas Antwort an.

Würde sie zu ihm halten oder die Verbindung lösen?

Nach dem Espresso ergriff Nina das Wort und alle schauten gebannt auf sie. Etwas mulmig war ihr schon, aber dann redete sie mutig drauf los.

,,Nicolo, deine Worte von vorgestern haben mich tief berührt, aber nun habe ich verstanden, dass du nicht anders handeln konntest und kannst. Auch für mich waren die Monate der

Ungewissheit sehr schwer und ich wurde krank. Ich zweifelte an deiner Aufrichtigkeit, ja, manchmal sogar an unserer Beziehung und dachte auch daran, die Verlobung mit dir zu lösen; dich frei zu geben. Aber meine Gefühle für dich waren und sind stärker und nun, wo ich den Grund kenne, möchte ich dir sagen, dass du dir alle Zeit der Welt nehmen kannst und ich auf dich warten werde. Du musst erst einmal gesund werden und in der Stadt gibt es Möglichkeiten, einen Facharzt aufzusuchen; den wir hier im Ort nicht haben. Wir können telefonieren und uns schreiben; mehr können wir im Moment nicht machen und wenn Paolo Urlaub hat, werden wir uns hier sehen. Ich denke, es ist eine Chance für uns, die wir nutzen sollten. Deine Gefühle für mich haben sich nicht geändert,

hast du vorgestern gesagt. Darauf
vertraue ich, denn auch meine Gefühle
für dich sind nicht weniger geworden.
Du bist der Mann, mit dem ich den
Rest meines Lebens verbringen möchte;
mit dir eine Familie gründen, Kinder
haben.....

Mehr habe ich nicht zu sagen", sagte
Nina und setzte sich.

Die Erleichterung über Ninas Worte
stand allen ins Gesicht geschrieben. Es
flossen Tränen, aber die waren heute
mehr mit Freude verbunden.

Mit zitternder Stimme sagte Nicolos
Mutter:

Mehr kannst du vom Leben nicht
erwarten, als dass jemand auf dich
wartet, mein Sohn".

Tränen liefen über ihr faltiges Antlitz.
Ihre Worte hatten alle zutiefst berührt
und Nicolo küsste zärtlich die alten

Hände seiner Mutter. Ihre Worte
würde keiner jemals mehr vergessen.

Die nächsten Tage hatten Nina und
Nicolo noch reichlich Gelegenheit sich
zu sehen und sich über das Gewesene
zu unterhalten. Nina zeigte Nicolo ihr
Geschäft und erzählte ihm, wie es dazu
gekommen war, dass ihr Onkel es ihr
überließ und sie es einmal erben würde.
Das hätte Nicolo ihr niemals zugetraut,
dass sie jetzt eine Geschäftsfrau war
und als sie das Geschäft betraten, war
er überrascht, was Nina bereits daraus
gemacht hatte. Die weibliche Hand war
überall zu sehen. Er war beeindruckt.
Nicolo erzählte ihr, dass er sich viel mit
dem Garten seines Bruders beschäftigt
hat und es ihm Spaß machte. Er sagte
zu Nina, dass sie später einmal auch so

einen Garten haben würden, in dem es Obst und Gemüse gab und er schöne Blumen für Nina pflanzen wollte.
Beide hatten Hoffnung im Herzen.

Der Tag des Abschieds war gekommen und Nina hatte Nicolo noch zum Auto begleitet. Sie umarmten sich behutsam und küssten sich auf die Wangen.
Dann fuhren Paolo und Nicolo fort.

Nina machte sich auf den Weg zu ihrem Geschäft. Die weihnachtliche Dekoration musste abgenommen werden und neue Ware bestellt werden. Sie hatte alle Hände voll zu tun und keine Zeit weiter über die Abreise von Nicolo nachzudenken. Das war gut so. Die erste Kundin betrat das Geschäft und wünschte Nina ein gutes und erfolgreiches neues Jahr. Sie plauderten ein wenig während Nina ihr die gewünschten Schuhe reichte. Sie bot ihrer Kundin einen Kaffee an, doch diese lehnte dankend ab, weil sie in Eile war. Das passende Größe war heute nicht dabei, aber Nina versprach, die Schuhe in ihrer Größe zu bestellen und würde sich bei ihr melden, wenn die Ware geliefert war. Ihre Kundin bedankte sich und machte sich dann eiligst davon.

Es blieb ruhig am Vormittag und so konnte sie, ohne Unterbrechung, die Auslagen anders gestalten und im Geschäft selber aufräumen. Die neue Schuhkollektion wurde erst in drei Tagen geliefert. Alles lief reibungslos und sie war zufrieden.

Sie dachte bei sich, ob Nicolo und Paolo wohl schon angekommen sind....

Die Fahrt ging schneller als sie gedacht hatten. Viele waren noch im Urlaub und die Straßen waren frei; so konnte Paolo richtig Gas geben; was er auch mit Vergnügen tat. Etwas einsilbig verlief die Fahrt, aber das würde sich bald wieder ändern, wenn Nicolo erst einmal im Garten wühlen konnte, dachte Paolo bei sich.

So kam es auch. Nach zwei Tagen war Nicolo wieder so wie vorher. Er machte sich nützlich und vertrieb sich die Stunden, während sein Bruder zur Arbeit war, mit allem möglichen. Ja, einmal fuhr er sogar mit dem Bus in die Stadt. Es gefiel ihm sehr dort zu bummeln und in einem der Cafés einen Espresso zu trinken. Etwas verlegen schaute er zu dem anderen Geschlecht hinüber. Als die jungen Mädchen seine verstohlenen Blicke bemerkten, fingen sie an zu kichern und er merkte, dass sein Kopf rot anlief. Schnell bezahlte er seinen Kaffee und verschwand.

Davon hatte er Paolo nichts erzählt. Doch erst einmal auf den Geschmack gekommen, zog es Nicolo immer öfter in die Stadt. Er lernte schnell wie das Spiel lief und die Bestätigung der Mädchen und jungen Frauen sagte ihm, dass er auf dem richtigen Weg war eine von ihnen zu erobern. Ihre Blicke verrieten es ihm. Er sah sehr gut aus und gefiel der Damenwelt. An Nina dachte er dabei nicht. Er telefonierte regelmäßig mit ihr und ab und ab schrieb er ihr eine hübsche Postkarte. Er bewegte sich quasi in zwei Welten, die nicht unterschiedlicher hätten sein können. Doch es dauerte nicht lange, bis Paolo ihm auf die Schliche kam. Er machte gerade seine Mittagspause und steuerte das kleine Café an, in dem er meistens seinen Espresso trank. Er glaubte, seinen Augen nicht zu trauen, saß da doch sein kleiner Bruder mit einem hübschen Mädchen und flirtete was das Zeug hielt. Er tätschelte den Arm des Mädchens und warf ihr verliebte Blicke zu. Das junge Mädchen erwiderte seine Blicke und konnte ihre Augen nicht von ihm lassen.

Na warte, dachte Paolo bei sich, dir werde ich die Leviten lesen heute Abend, mein Bruderherz. Von den beiden unbemerkt ging er weiter und trank seinen Espresso woanders. Einerseits musste er innerlich lachen, aber andererseits konnte er das nicht dulden. So geht es nicht und wenn Nicolo noch weiter bei ihm leben wollte, dann ist es jetzt Zeit, dass er arbeiten geht und nicht die Tage mit flirten verbringt. Er würde schon eine Arbeit für ihn finden. Schauen wir heute Abend einmal, wie Nicolo darauf reagieren wird. Noch 4 Stunden und dann hatte er Feierabend.

Nach den Abendessen stellte Paolo seinen Bruder zur Rede. Er sagte ihm, dass er ihn heute in der Stadt gesehen hat und beobachten konnte, wie er heftig am flirten war. Nicolo musste lachen, doch die ernste Miene seines Bruders belehrte in eines Besseren und so entgegnete er, dass Paolo es ja auch machen würde; sogar Frauenbesuch zu Hause hatte. Paolo wurde ärgerlich und antwortete seinem Bruder, dass es bei ihm eine völlig andere Situation ist. „Ich bin nicht mit einer Frau verlobt und habe auch keiner Frau die Ehe versprochen so wie du und zweitens bin ich 11 Jahre älter und verdiene meine Brötchen selber. Ich kann es nicht dulden, dass du Nina hintergehst, sie ist ein anständiges Mädchen und will auf dich warten. Du hast sie mit deinem Verhalten schon einmal in eine traurige Lage gebracht, auch wenn du nichts dafür konntest, aber es hat bei ihr Spuren hinterlassen. Ich habe sie selten lachen gesehen als wir zu Hause waren. Sie hat es nicht verdient von dir betrogen zu werden und erst recht nicht vor der Ehe. Entweder verhältst du dich anständig und wir suchen ein Arbeit für dich hier in der Stadt oder du fährst zurück nach Hause".

Das hatte gesessen. So hatte Paolo noch nie mit ihm gesprochen. Nicolo war nicht wohl in seiner Haut.

„Denk darüber nach was ich gesagt habe, ich gehe jetzt in mein Zimmer",

sagte sein Bruder und entschwand.
Nicolo ging ebenfalls in sein Zimmer
und dachte über die Worte seines
Bruders nach. Zurück nach Hause
wollte er Moment auf keinen Fall, also
blieb ihm wohl nichts anderes übrig, als
sich um Arbeit zu bemühen und sich
anständig zu verhalten. Paolo hatte ja
Recht, das hat Nina nicht verdient,
aber auf der anderen Seite waren da
die jungen, hübschen Mädchen, die es
ihm so leicht machten und bisher war
es ja auch beim flirten geblieben.
Morgen früh würde er Paolo sagen,
dass er hier bleiben möchte und sich
eine Arbeit suchen wird.
Am nächsten Morgen teilte er Paolo
sein Entschluss mit. Er würde gleich
mit ihm in die Stadt fahren und bei
den verschieden Autowerkstätten nach
Arbeit fragen. Doch Paolo hatte eine

andere Idee. Es gab ein sehr großes Autohaus in der Stadt, die immer Mechaniker suchten; dort sollte er hingehen. Sie bezahlen gut und die Arbeitszeiten waren geregelt. Ich fahre dich bis vor die Tür, da es auf meinem Weg liegt sagte Paolo zu ihm. Nicolo war einverstanden und gleich nach dem Frühstück fuhren die Brüder los. Paolo setzte seine Bruder vor dem Autohaus ab und fuhr davon.

Nicolo hatte großes Glück.
Seit zwei Monaten arbeitete er nun schon für das Autohaus und sein Chef war mehr als nur zufrieden mit ihm. Kein Wunder, denn Nicolo hatte das Handwerk bei seinem Vater gelernt, der ein sehr guter Automechaniker war. Zwar hatten sie in ihrer kleinen

Werkstatt nicht für alles Maschinen, aber dafür konnte Nicolo sich weiter helfen, wenn eine der Maschinen einmal versagte. Das gefiel seinem Chef und er war ihm wohlgesonnen. Heute wollte er Nicolo ein Angebot machen, von dem er meinte, dass dieser es kaum ausschlagen würde. Nach der Mittagspause rief er Nicolo zu sich in sein Büro.

Was der Chef wohl von ihm wollte? Nicolo hatte keine Ahnung und kam der Aufforderung nach.

„Setzen Sie sich, ich möchte mit Ihnen etwas besprechen.".

Nicolo setzte sich und sein Chef redete gleich drauf los. Er hielt ihn, trotzt seiner jungen Jahre, für einen sehr guten Automechaniker und darum wollte er ihn in sein Autohaus in der Schweiz schicken. Allerdings müsste er sich für ein Jahr verpflichten, da es sich sonst für die Firma nicht lohnen würde. Eine kleine Werkswohnung und Verpflegung würden ihm gestellt und selbstverständlich auch die Fahrtkosten. Nicolo wusste gar nicht, was er sagen sollte, doch sein Chef sagte zu ihm: „Überlegen Sie es sich bis Übermorgen, ansonsten muss ich jemand anderen fragen".

Nicolo bedankte sich für das Angebot und verabschiedete sich. Er war ganz benommen von der Neuigkeit. Sofort rief er seinen Bruder an um ihm alles zu erzählen. Paolo sagte nur, dass er ihn von der Arbeit abholen würde und sie dann in die kleine Taverne fahren, wo er ihm alles ganz in Ruhe erzählen konnte.

So verblieben sie und Nicolo machte sich wieder an seine Arbeit.

Die Taverne hatte gerade erst geöffnet und es waren noch keine weiteren Gäste anwesend. Sie konnten sich also in aller Ruhe unterhalten. Paolo hörte seinem Bruder aufmerksam zu und fand das Angebot einmalig. Eine gute Chance für Nicolo; die bekommt nicht jeder geboten.

„Würdest du überhaupt ins Ausland gehen wollen und dann gleich für ein Jahr?" fragte er seinen Bruder.

Nicolo bejahte seine Frage. Nina würde es sicher auch verstehen und was ist schon ein Jahr. Gedanklich malte er sich das Leben in der Schweiz schon in rosaroten Farben aus. Ein toller Job, eine sehr gute Bezahlung, Kost und Logis frei und keiner mehr da, der ihm irgendwelche Vorschriften machte. Er fühlte sich als richtiger Glückspilz. Nina würde er es heute Abend am Telefon sagen und er war sich sicher, dass sie ihm keine Steine in den Weg legen würde. Sie würde sich bestimmt mit ihm freuen; auch, wenn sie sich ein Jahr lang nicht sehen würden. Dafür konnte er in dem Jahr aber viel Geld sparen, das ihnen nach der Hochzeit zugute kam. Er wollte ja ein Häuschen bauen für Nina.

Sie aßen zu Ende und fuhren nach Hause. Dort angekommen, griff er gleich zum Telefon um Nina alles zu erzählen. Um diese Uhrzeit hatte sie das Geschäft schon abgesperrt und war zu Hause bei ihren Eltern. Es war so üblich in dem kleinen Ort, dass alle bis zur Hochzeit bei den Eltern wohnten; es sei denn, sie mussten an einem anderen Ort ihr Geld verdienen, dann wohnten sie natürlich dort auch; wie Paolo. Er hatte damals keine Arbeit im

Ort gefunden und musste in die Großstadt ziehen. Bei Mädchen war es noch etwas anderes. Fanden sie keine Arbeit im Ort, blieben sie zu Hause; allein in die Welt ziehen war unmöglich für sie. Sie lebten zwar sehr modern im Ort mit Telefon und Fernseher, aber an den alten Traditionen und ungeschriebenen Gesetzen gab es nichts zu rütteln. Wer dagegen verstieß zog sich den Zorn der Gemeinschaft zu.

Das Telefon klingelte bereits zum dritten Mal; endlich, am anderen Ende ertönte Ninas Stimme. Sie fragte sofort wie es ihm geht und was er macht, aber Nicolo hatte kein Ohr für ihre Fragen. Er überschüttete sie quasi mit den Neuigkeiten und Nina verstand nur die Hälfte.

„Langsam, langsam, erzähle es mir noch einmal, ich habe nur die Hälfte mitbekommen", sagte sie. Nicolo fing noch einmal von vorne an und nun hatte Nina begriffen, dass er für ein ganzes Jahr zum arbeiten in die Schweiz gehen wollte. Es klang ja alles so gut und sie würde Nicolo keine Steine in den Weg legen, aber dann würde es sobald auch nichts mit der Hochzeit werden. Gut, das Trauerjahr hätten sie sowieso abwarten müssen, aber davon war jetzt schon ein halbes Jahr herum. Noch länger warten, so dachte sie bei sich; aber sie ließ sich am Telefon nichts anmerken. Auch nicht, als er ihr sagte, dass es bereits nächste Woche losgehen soll und er nicht im Sommer nach Hause kommen würde. Sie wünschte Nicolo viel Glück und alles Gute in der Fremde. Pass auf dich auf, hatte sie zu ihm gesagt und rufe mich an, sobald du in der Schweiz bist.

Dann war die Leitung unterbrochen.
Nina rief noch einige Male -Hallo-,
aber die Leitung blieb stumm. Sie legte
den Hörer auf und ging in die Küche
zu ihrer Mutter. Sie sah sofort in Ninas
Augen, dass etwas nicht stimmte und
fragte sie was los ist. Nina erzählte ihr
alles und fing an zu weinen.
Ihre Mutter nahm sie tröstend in die
Arme. Sie verstand ihre Tochter nur zu
gut und wünschte, dass Nicolo nicht in
die Schweiz gehen würde.
Von vielen wusste sie, dass sie nicht
mehr dieselben sind, wenn sie einmal
in der Fremde waren. Das Leben dort
hatte so gar nichts mit dem Leben hier
im Ort gemeinsam.
Nina beruhigte sich wieder und half
ihrer Mutter den Tisch decken. Ein
Jahr, das würde sie auch noch schaffen
und sie hatte ja ihr kleines Geschäft,

da gab es Ablenkung genug. Als die
anderen zu Tisch kamen, sah niemand
mehr, dass sie geweint hatte. Später,
als sie schon im Bett waren, erzählte
ihre Mutter es ihrem Vater. Der war
auch nicht gerade begeistert, aber er
konnte auch nichts dagegen machen.
Wenn es das Schicksal so will, dann
muss man sich fügen.

Schneller als gedacht war das Jahr
vorüber und Nicolo kam zu Besuch. Er
hatte so viel zu erzählen und Nina war
überglücklich, dass das Warten ein
Ende hatte und er bei ihr war. Sie
glaubte fest daran, dass er für immer
bleiben würde und die Werkstatt seines
Vaters wieder öffnete, die seit dem
Tod des Vaters geschlossen war. Im Ort
fehlte ein Automechaniker und Nicolo

hätte hier eine gute Chance auf einen Neubeginn. So dachte sie hoffnungsvoll. Nicolo hatte ihr Geschenke mitgebracht und sie freute sich sehr darüber. Einen schönen Stoff für ein neues Kleid, ein Handtasche aus echtem Leder und einen goldenen Ring mit einem roten Stein. Es musste ihn ein Vermögen gekostet haben, aber er winkte nur ab; Geld habe er in dem einen Jahr genug verdient und er wollte ihr eine Freude machen; hatte sie doch geduldig auf ihn gewartet und ihm keine Vorwürfe gemacht.

Jetzt wird endlich alles gut; doch es kam anders.

Sie hatten vier schöne Wochen miteinander verbracht, waren abends an den Strand gegangen, trafen ihre gemeinsamen Freunde, gingen Essen und Nina sprach über die Hochzeit.

Doch jedes mal wenn sie über die Hochzeit mit ihm sprechen wollte, wechselte Nicolo das Thema. Zuerst dachte sie noch, dass es rein zufällig war, aber als er überhaupt nicht auf das Thema einging, machte sie sich so ihre Gedanken. Musste sie sich Sorgen machen? Wollte er sie nicht mehr heiraten? Nichts sprach eigentlich dafür, denn Nicolo war sehr gut zu ihr und seine Worte liebevoll.

Sie saßen, wie so oft, auch an diesem Abend am Meer, als Nicolo plötzlich sagte:

,,Nina, ich muss dir etwas sagen. Meine Ferien sind um und ich fahre morgen zurück in die Schweiz".

Sie war wie erstarrt.Das durfte nicht wahr sein. Warum sagte er es erst jetzt und nicht von Anfang an, dass er noch ein Jahr in der Schweiz arbeiten will?

„Bringe mich bitte nach Hause", sagte sie zu ihm, „ich möchte jetzt alleine sein".

Nicolo brachte Nina nach Hause und verabschiedete sich vor der Tür von ihr. Das war ihr Abschied für ein weiteres Jahr.

Am nächsten Morgen sah ihre Mutter sofort, dass Nina geweint hatte und sie wollte wissen, was geschehen war. Nina erzählte ihr alles und ihrer Mutter verschlug es für einen Moment die Sprache. Dann rief sie laut nach ihrem Mann und als er in die Küche kam, erzählte sie ihm, was Nina ihr eben gesagt hatte. Im Gegensatz zu den Frauen reagierte er ziemlich wütend. Er verstand nicht, warum Nicolo seiner Tochter nicht von Anfang an reinen

Wein eingeschenkt hatte und erst im letzten Moment mit der Sprache raus kam. Er hätte es verstanden, wenn Nicolo vernünftige Gründe für sein tun hat, aber alle so im Ungewissen lassen, das war nicht korrekt. Die Familien hatten damit gerechnet, dass er bleibt und Nina und er bald Hochzeit feiern würden.

„Wir können nun nichts mehr ändern, aber wenn er das nächste Mal kommt, werde ich ihm die Leviten lesen; so geht es nicht", sagte ihr Vater laut. Er kochte innerlich vor Wut und beherrschte sich nur, weil seine Tochter so unglücklich drein schaute. Er ging ins Wohnzimmer um sich etwas zu beruhigen.

Nicolo sollte ja nicht auf die Idee kommen mit seiner Tochter zu spielen! Wenn er das machte, dann ging es gegen die Ehre der gesamten Familie und dann würde er keinen Spaß mehr verstehen. Wenn er Nina nicht mehr wollte, könnte er es sagen und sie würden die Verlobung lösen. Das wäre zwar traurig für Nina, aber zwischen Nicolo und ihr war nichts passiert, außer harmlosen Küsschen und Nina könnte sich nach einem anderen Mann umsehen. Sie war unbescholten.....

So nahm das Leben seinen Lauf. Jeder ging seiner Arbeit nach, Nicolo rief Nina regelmäßig an und erzählte von seiner Arbeit. Er fragte sie, wie es im Geschäft so läuft und wie es ihr geht, er sagte ihr, dass er sie liebt, aber das war auch alles. Von Hochzeit sprach er nicht. Im Ort lief alles wie immer; ab und an ein Fest, am Sonntag der Gang in die Kirche, ein paar Besuche hier und da, das war es auch bereits. Ein beschauliches, ruhiges Leben.

Diesmal hatte Nina das Gefühl, dass sich das Jahr wie ein Gummiband zog; es wollte und wollte nicht vorüber gehen. Sie wartete so sehr auf Nicolo. Sie war zwischen hoffen und bangen hin und her gerissen. Würde er bleiben? Würden sie endlich heiraten wenn er kommt?

Doch auch im zweiten Jahr wurden ihre Hoffnungen nicht erfüllt.

Nicolo hatte den Arbeitsvertrag für ein weiteres Jahr unterschrieben.

Ihre Enttäuschung war grenzenlos, doch sie hielt weiter zu ihm.

Mit großer Besorgnis beobachteten ihre Eltern sie. So konnte es nicht weiter gehen und Vater und Mutter waren sich einig, dass es besser für Nina ist, wenn sie sich von Nicolo trennte. Auch Nicolos Mutter war ihrer Meinung, da sie ihren Sohn nicht mehr verstand. Die Fremde hatte aus ihm einen anderen Menschen gemacht. Es brach ihr das Herz und wenige Monate später verstarb sie. Alle waren zu ihrer Beerdigung gekommen; nur Nicolo nicht. Er konnte angeblich nicht von der Arbeit weg hatte er am Telefon gesagt.

Als er nach einem weiteren Jahr nach Hause kam, war seine eigene Familie ihm nicht gerade wohl gesonnen; sie waren enttäuscht von ihrem Bruder. Nicht nur, weil er nicht zur Beerdigung ihrer Mutter gekommen war, nein, auch wie er sich Nina gegenüber verhielt. Aber Nicolo hatte für alles eine Antwort und sie glaubten ihm immer wieder. Ja, er verstand es mit Worten umzugehen und die Menschen für sich zu gewinnen.

Ein großer Schicksalsschlag traf Ninas Familie. Ihr Vater war an seinem Herzleiden verstorben. Niemand hatte davon gewusst. Als er vor vielen Jahren einmal ins Krankenhaus musste, hatten die Ärzte festgestellt, dass sein Herz nicht in Ordnung war. Sie hätten ihn operieren können, aber das hatte ihr Vater nicht gewollt. Er behielt sein Geheimnis für sich und erst an seinem Totenbett erfuhren sie vom Arzt die Wahrheit. Es war ein Schock für alle. War die Aufregung um Nina zu viel für ihn? Hatte sein Herz deshalb aufgehört zu schlagen? Nina war verzweifelt.

So verzweifelt, dass ihr sogar Nicolo, der seinen Urlaub hier verbrachte, egal war.

Ihr Vater wurde feierlich beerdigt und viele waren gekommen, um ihm die letzte Ehre zu erweisen. Auch Nicolos Familie war erschienen obwohl sie gerade erst vor wenigen Monaten ihre Mutter zu Grabe getragen hatten.

Alles war so traurig, dass es ihr egal war, als Nicolo ihr sagte, dass er noch ein weiteres Jahr in der Schweiz arbeiten würde. Sie wünschte ihm eine gute Fahrt und ging ins Haus zu ihrer Mutter. Sie war in diesem Moment nicht in der Lage ihn noch länger zu ertragen. Sie konnte keinen klaren Gedanken mehr fassen.

Hätte sie sich doch von ihm trennen sollen wie ihr Vater geraten hatte?

Im Laufe des Jahres hatte sich die Trauer etwas gelegt und sie hatte lange über ihre Verbindung mit Nicolo nachgedacht. Sie spürte, dass ihr Herz noch immer für ihn schlug. Auch telefonierten sie wieder regelmäßig miteinander und er hatte ihr sogar ein Geschenk geschickt. Vielleicht, dachte sie, muss ich Geduld haben und eines Tages wird alles gut. Ihre Mutter und ihre Geschwister vermochten nicht sie umzustimmen und so konnten sie nur hilflos zuschauen, wie Nina sich an ihre Hoffnung klammerte.

Es war wieder Sommer und eigentlich hätte Nicolo kommen wollen, aber stattdessen sagte er ihr am Telefon, dass eine andere Firma ihn für 5 Jahre als Leiter ihres Autohauses in Amerika verpflichten wollte. Er wollte dieses Angebot nicht ausschlagen und hatte den Vertrag bereits unterschrieben. Außerdem würde er im Sommer auch nicht kommen können. Die neue Firma wollte ihn am liebsten sofort in die Staaten schicken, da der Posten des Leiters bereits seit einiger Zeit nicht besetzt war. Englisch hatte er während seines Aufenthaltes in der Schweiz gelernt, da es viele Kunden gab, die nur englisch sprachen.

„Nina, warte auf mich, bitte. Wenn die 5 Jahre vorbei sind, dann wird alles gut", sagte er ihr noch und legte den Hörer auf.

Nina war wie versteinert. Sie hatte keine Tränen mehr.

Warten, worauf? Auf etwas, das vielleicht nie in Erfüllung geht? Hatten die anderen vielleicht doch recht, als sie sagten, vergiss ihn, er tut dir nicht gut? Sie wusste es nicht; sie wusste nur, das ihr Herz noch immer für ihn schlug. Sie ging wieder in ihr kleines Geschäft und tat so, als ob es das Problem mit Nicolo nicht gäbe.

Fünf weitere Jahre waren vergangen und endlich würde Nicolo kommen; jetzt wird alles gut.
Während der ganzen Zeit hatten sie nur telefonischen Kontakt; sie sahen sich nicht. Zwar schickte er auch manchmal eine Postkarte und einmal sogar ein Paket mit sehr großzügigen Geschenken; aber gesehen hatten sie sich nicht. Am Telefon sagte er ihr immer wieder wie sehr er sie liebt und es tut ihm leid, dass sie sich so lange nicht sehen können. Er war an allem was sie machte und was im Ort so passierte interessiert. Es gab für sie

keinen Grund an seinen Worten zu zweifeln oder misstrauisch zu werden. Er erzählte ihr, dass sein englisch jetzt fast perfekt war und, dass er Kontakt zu der italienischen Gemeinde, die hier ist, aufgenommen hat. Er fühlte sich dann immer wie zu Hause, wenn er bei seinen Landsleuten war. Wenn er die Möglichkeit hatte, bereiste er das Land und war begeistert von allem. Er sagte, die Menschen hier wären sehr nett und hilfsbereit, sodass er keine Probleme hat. Die Firmenleitung war stolz auf ihn und seine Arbeit.

Das alles und noch mehr erzählte er Nina freudig am Telefon und sie wünschte, dass sie bei ihm sein könnte um alles Schöne, gemeinsam mit ihm, zu erleben.

Doch leider war das nicht möglich; sie waren nicht verheiratet.

Wenn die Jahre der Trennung eine Prüfung waren für ihr weiteres Leben, dann musste sie es so hinnehmen, auch wenn es hart war und sie viele Tränen geweint hat.

Ihre Mutter und ihre Geschwister sahen das Ganze mit anderen Augen. Selbst Paolo hatte ihr geraten Nicolo zu vergessen und sich einen anderen Mann zu suchen. Mehr hatte Paolo nicht gesagt. Nicolo war sein Bruder; auch, wenn er nach einem Besuch bei ihm in der Schweiz, keinen Kontakt mehr zu ihm aufnahm. Was Nicolo machte, hatte mit Anstand und Ehre nichts zu tun und hier im Ort hätte er einen hohen Preis dafür bezahlt. Paolo schwieg und selbst seinen Geschwistern gegenüber hatte er niemals etwas über Nicolos übles treiben erwähnt.

Aber er verachtete seinen Bruder und

darum hatte er Nina den Rat gegeben,
sich einen anderen Mann zu suchen.
Die Wahrheit konnte er ihr nicht
sagen; so sehr er Nina auch mochte.
Tief in seinem Inneren wünschte er,
dass ihm einmal eine Frau wie Nina
begegnen würde mit der er endlich
eine Familie gründen könnte.
Paolo fühlte sich einsam.

Nina wartete schon auf den Anruf von
Nicolo und als das Telefon endlich
klingelte, nahm sie voller Freude den
Hörer ab.
„Wann kommst du?" war das erste,
was sie sagte, aber darauf reagierte
Nicolo nicht.
Stattdessen sagte er zu ihr, dass er ihr
einen Brief geschrieben hat in dem
alles stand, was sie wissen muss.
Dann legte er den Hörer auf.

Ein unangenehmes Gefühl beschlich sie.

Was hatte das zu bedeuten?

Die Tage, bis der Brief endlich da war, verbrachte sie zwischen Bangen und Hoffen.

Warum nur beschlich sie so ein komisches Gefühl bei dem Gedanken an den Brief?

Was wollte er ihr am Telefon nicht sagen?

Der Zug, der die Post gebracht hatte, war schon längst wieder abgefahren, aber Nina hatte es nicht bemerkt.

Sie hatte auch nicht bemerkt, dass ihre Mutter sich still und leise neben sie gesetzt hatte. Ihre Mutter hatte nichts gesagt, weil sie ihre Tochter in ihren Gedanken nicht stören wollte.

Der ungeöffnete Brief in Ninas Hand

blieb ihr jedoch nicht verborgen.

„Nina, du musst den Brief öffnen damit du endlich Gewissheit hast und das Warten ein Ende nimmt", sagte ihre Mutter leise zu ihr.

Mit zitternden Händen öffnete Nina den Brief und las:
Nina, bitte verzeih mir, aber ich habe schon lange eine andere Frau; es wird für uns keine gemeinsame Zukunft geben.
Das war alles....

Gedankenverloren steckte sich Nina eine Maroni in den Mund

......sie hatte ihre Süße verloren.

140